在人群中消失的日子

三

沈熹微 / 著

人民文学出版社

图书在版编目（CIP）数据

在人群中消失的日子/沈熹微著.—北京：人民文学出版社，2016
ISBN 978-7-02-011846-5

Ⅰ.①在… Ⅱ.①沈… Ⅲ.①散文集—中国—当代 Ⅳ.①I267

中国版本图书馆CIP数据核字（2016）第156882号

责任编辑　徐子茼
责任印制　苏文强

出版发行　人民文学出版社
社　　址　北京市朝内大街166号
邮政编码　100705
网　　址　http://www.rw-cn.com

印　　刷　三河市鑫金马印装有限公司
经　　销　全国新华书店等

字　　数　178千字
开　　本　880毫米×1230毫米　1/32
印　　张　9　插页1
版　　次　2016年10月北京第1版
印　　次　2016年10月第1次印刷

书　　号　978-7-02-011846-5
定　　价　36.00元

如有印装质量问题，请与本社图书销售中心调换。电话：010-65233595

自序

灵魂飞行

这天上午精神不错，在露台上为多肉植物分家，整个夏天的阳光雨露过后，它们长势惊人，很难相信，我几乎没加以任何照顾。

有个朋友说，你很会养花。偷笑，假如一年拍几次茶花米兰杜鹃上传社交网络就算会养花，我的那些真正精通植物并且与之长期共处的朋友们一定都是花仙子。

事实上我不只不会养花，将时针拨回去十年，我甚至对花花草草没有兴趣。田野里麦子黄了，石阶缝里生了绿苔，这样的事，我不在乎。

我不是这本书里所写的，一个从始至终富有情怀的人。

十几年前我是什么样子呢？烫着生平唯一一次的栗色爆米花发型，涂黑指甲油，听摇滚乐，写矫情的青春疼痛文学……不是喜欢，而是那时候不知道自己想要什么，少有事物能带来笃定持久的快乐。

佝偻着腰去挖土，笨拙地将白牡丹和观音莲分成四盆，泥土干了，用小勺子碾碎，漫无边际地想着，接下来可以再养点微型水草，小景观好看,又不至于繁重得难以打理……就在这个时候,一束阳光穿过云的鳞隙落到我的手臂上,暖暖的,有点痒。我愣愣神,知道有些类似礼物的东西到来了。

不是我在料理植物,而是植物在料理我。
培土,拔草,浇水,晒阳光。不是别的,是我的心。

生活并不总有选择,更多时候,它将世界的某一部分推到我们面前。有时粗暴直接,有时绵长温柔。与之相互认识彼此接纳的时间里,往往懵懂不自知,需要长久的陪伴、考验和突如其来的醒悟。
真是一朵花开的心情。

写这些文字的过程,就像一种艰难的寻求。经常发乎一念之间,于是需要拼命钻探,极尽所能地利用我有限的人生经验和情怀,使其尽量真实动人,且不至于寒酸。
它们大多数出自我的一份专栏,可想而知,每隔一周我就必须花时间来思索、找出危机四伏的狼狈生活里琐细的美好,接着修饰它,自圆其说。所以难免有些牵强,带着不可能忽视的"表演"痕迹,像一张收拾得过分整齐的桌子,让人不得不怀疑它抽屉里披着多少汤汤水水残羹冷炙。
偶尔写得很费力。尤其当命运一再展示狰狞面目,如浪头一个接一个肆虐扑来，这些粉饰太平的小方块就像超市货架上廉价的浓汤宝，显得多么轻飘虚伪不负责任。我讨厌不诚实，因为意味着怯懦，意味着不敢直面和坦承生活中最不鲜见的绝望的阴影。可是这样纠结好吗？连通俗歌曲都会唱："人生已经如此的艰难，有些事情就不要拆穿。"

所以其实还是有选择。

选择看见美好的，忽略丑陋的。
选择记录愉悦的，收起糟心的。

择出更为理想的部分，擦拭干净，摆上生活的台面，对我而言，一开始是整理自己的仪式，能够从中获得让人生赖以为继的尊严价值感，以及某种必要的心理平衡。渐渐地，当我真正开始融入，其间恩慈便如这午后的阳光，突然绽放，清晰明亮。

朋友丹鸿这样写我："想起她拍了那么多晨昏的天空，喜悦的花朵，就明白了这些画面的暂留是对疲劳的宽释，而之间是行走。"
我只想说，从微小的地方去找生命的喜悦，肉身沉重，灵魂飞行。

2015年8月5日凌晨
于昆明

目录

Part 1 把自己从生活的泥淖中拔出来

黑暗之光　003

重访故园　015

千里暮云平　020

不重要的扔了吧　024

看一看，等一等　027

我城　030

公车旅行　034

浪迹天涯　037

阿姐　040

姨妈的再婚　044

她　047

留住天真　050

出走记　054

冷吃碱粽子　058

今晚睡哪里　061

眼不见难为净　064

Part 2 唯有热爱,能抵御岁月漫长

春城冬意　069
夕阳里　072
外婆的糍粑　075
土月饼　078
找白发　081
街头食物　084
颓废理想　087
世间有味　090
桐和纸　093
家乡的面　095
豆汤饭　098
萝卜的事　100
五楼阳台　103
住在理想的隔壁　105
不打烊的安慰　108
在水一方　111
给自己的歌　114

Part 3 不爱说话的人，请认真生活

外婆家的糖罐子　119
父亲的顽固与笨拙　122
舌尖上的旧时光　125
故乡的冬　128
晨间　133
酒喝好了，雨就停了　136
伴　139
不速之客　142
饥饿的缘故　145
蚊帐　148
物喜　151
洗发　154
夜来风雨声　157
有所不食　160
不吃大餐的自由　163
幽默这件事儿　166

Part 4 耐住生命的凉

背阴植物　171
芳华过眼　175
人间四月天　178
荷塘夏色　181
无路可迷　184
全城停电　187
声音　190
位置和圈子　193
有人赞美单身，有人则不　196
必先正名乎　199
绿皮火车　202
城中村　205
我在昆明，三月一日　208
故地重游汶川　210
大雨迷城　213
怀旧照相馆　216

Part 5 梦里出现的人，醒来就要去见他

花儿与少年　221
数字密码　224
一日家常　227
不好客　231
行李箱里的信仰　234
锦书无凭　237
夜机　240
山长水阔知何处　243
行中有寄　246
在林芝逛超市　255
中毒记　258
人在旅途　261
岂曰无衣　264
没有手机的日子　267
北方的海　270
去航海　273

Part 1

把自己从生活的泥淖中拔出来

有时我们做着一件事,是为了有朝一日不必做。过着一种生活,是为了终有一天能够过上另一种生活。

黑暗之光

一

有一天深夜，我没有睡着，拿手机上网，亦墨也在。我说你为何还不睡。她发来一个迟疑的微笑，又过了一会儿，她说，在思考现实和理想。

亦墨是负责我老家房子的室内设计师，我们见过几面，她给人留下的印象是，年轻，倔强，沉默。初见是个雨天，我们约在小区门口碰面，过了约定时间好一会儿，她才气喘吁吁地跑来，说是等错了门。一身拘谨的白色套装裙被淋得湿漉漉，倒卷不直的头发胡乱披挂在肩上，因为皮肤稍黑、体形偏胖，她看起来分外狼狈。说真的，那天唯一让我感觉稍好的，便是她递过来的名片上这个别致的名字。

和这个人打交道毫不轻松，当我知道她的星座是摩羯之后，明白了她为啥那么固执、固执、固执。在我的理解里，我的房子当然装成我想要的样子，如果有什么想法在施工上不可能实现，那你提出，我可以妥协。

我们之间有过几次不那么愉快的对话。诸如：

"沙发背景墙我不要那么复杂，不要软包。"我说。

"软包也可以很好看。"她说。

"好看但是我不要，可以吗？"我说。

"我们考虑考虑吧，考虑考虑。"她说。

"这是决定，不是建议。"我说。

讲到最后我几乎怒了，掷地有声地拍出这句话，在她的公司，还有另外几个同事在场，她略微尴尬地笑笑，没说什么。

亦墨失眠的这天，为着阳台上的一扇隔断木架，我们在网上剧烈地争执。应该说态度比较强硬的是我，尤其当我发现她对我的要求置若罔闻，重复递过来的设计图完全没有相应更改时，我说：你的设计理想不妨留着将来在你自己的房子里实现，切勿强加于我。

我的话说得很重，这是为何见她深夜在线，忍不住问候的原因。

她问我，你的理想是什么。

我说，写出让自己不羞愧的文字。

她说你谦虚了。

没有，只是对自己诚实。我说，又问，那你呢？

她一如既往地犹豫着，答道，可以说有理想，也可以说没有。

不知为何，那一刻我的心里有轻微的自责。我想，大约因为我、因为像我这样以顾客是上帝而自居的人，使她产生了自我怀疑。

好吧,那你有特别想去的地方吗?我问。

工作那么忙,天天加班,能去哪里?她反问。

我只是问你有没有"想去的地方"而已。我说。

……

又是沉默。

好半晌,她回过来:像你们这样的人,怎么会明白什么叫作身不由己。

然后她下线了。

二

我大概能想象,如今别人眼中的我,是什么样子。

家境不错,有一对超级疼爱并尊重自己的父母,闲来写写字画点画看看书旅旅行,不需要付出辛勤的劳动就有高质量的生活,性情乖张,完全不知民间疾苦。除了身体差一点,啥都不缺。

记得前些天,我在微信朋友圈里发了一张桌上放着刚刚完工的水彩画、几坨染了五颜六色的纸巾和洗笔筒、调色盘的照片,我说,这就是我的游乐场。点赞的人很多,我的朋友琪私下给我发来信息,她说,我看着你的照片,心里有些难过。

为什么难过呢?我问她。

我觉得好孤独。她说。

是孤独，不过我喜欢呀，我喜欢我的生活。我笑道。

我也喜欢你的生活，但我没法过你的生活。琪感叹。

这是一个认识十余年，见证了彼此成长过程中许多艰难时刻的好朋友说出的话，有理解，有同情，有真心实意的欣赏。这样的话，比点一百个赞都更使我感激。

"如何在疼痛中维持体面的平静"这个课程我修习了十年，如今仍在进行。

"如何在独处中获得快乐并且尊严"，这是同时修习的另一课。

史铁生说他是被命运推搡到写作这条路上，我深表同意。回想过去，若不是少小患病休学、离群索居，我怎么会甘愿沉浸到枯寂的读与写。人生路途，与其说是无可奈何，不如以"命运"一言蔽之。

有时会猛然记起从前的日子，黑漆漆的小公路上一瘸一拐的女孩，因为父亲输掉了最后一百元而委屈心疼得要掉眼泪，她高考准考证的钱未交、照片未拍，彻夜不眠后翻出一张两寸照生生剪小成一寸。老师说这张照片不合格，她只好硬着头皮去相馆拍照，拍完才对老板说，可不可以取的时候再给钱。

各人有各人的深渊，命运何曾放过谁。

那样黑暗的日子里，我无数次默祷，梦想是各种各样的。在不该再相信童话的年纪，我发了疯地想要一朵实现愿望的七色花，虔诚地一个一个默许自己的愿望。很多次痛着哭着睡去，幻想着醒来之后便是新的天地。

后来,我写字,写了很多字。希望这些字有朝一日能带我远离。

仔细想想,那时候的梦想几乎没有一个实现了,我到底没能获得健康,也没能去成非洲和北欧,更没能变得不可方物般美丽,但它们带着我,一次次从生活的泥沼里爬出来。

人的向光性,并非本质有多么高尚,无非因为在明亮中比较容易过活。这点明亮是自己点燃的。

三

回老家装修房子的时候,我碰见一个旧日老友。我们坐在茶坊里喝茶聊天,他早已不是当年无所事事的落魄小子,如今在县城的工商局上班,是很得领导青睐的当红炸子鸡。他略微变胖,但依旧英俊,挽起的裤脚提示着他还未完全走入公务员的节奏,仍多少保持了年少时的不羁。

我们谈到他的恋情,那个相恋十年的女友,我说,你们没有再联系?

他说:联系啥?完全没有联系。

我感慨:十年,从高中到大学再到毕业几年,挺不容易的。

他调侃道:是啊,她居然能忍我十年。

我说:就不会不舍吗?你的心呢?

他笑:我没有心。

又提及如今的恋人，在同单位上班，父亲是工商局的党委书记。我说你们相处得好吗？他问我什么叫好。我说比如有共同爱好、共同语言，在一起不闷。他说，随便聊聊呗，她说什么我就跟着说什么。我很突兀地问了一句：难道你们不交心的？

他愣了愣，随即响亮地笑出来，仿佛我说了个笑话。

是啊，我也忽然之间有点无地自容。我怎么能追问现在的恋爱关系里有没有"交心"。可想而知，我更不能问他，爱不爱她。这个问题多年前我问过他，那时他的女友还没有换，他毫不犹豫地说，爱。

是我不合时宜了。

面对我这样一个曾经被他认为知己的老友，他大概也为他的大笑而感到尴尬。我们放下这个话题，重新谈起工作，他说，工作就是经常下乡和老百姓聊天。他说，唯一可以感到快乐的是，有时候真正帮助了一些人解决困难，会油然而生一种价值感。

这些，多少冲淡了我心里的难受。

总是要有一点光，对不对？

要有那么一些东西，让我们在冗长繁杂的生命中，可以凭借着，活得不那么麻木。那天他送我回酒店，郑重地等着电梯关闭，我很感动，这是他年少时从未有过的体贴和风度，尽管明明知道，这举动或许来自无数次应酬饭局接送领导的心得。

我的朋友们，那些在风里飞扬过低迷过的少年们，他们都这样，慢慢地被生活的潮水没过头顶。我的恶趣味之一，是和剩余不多的两三个学生时代的好友偶尔互通八卦,比如谁又生了第二个孩子,谁又胖得不可思议。男同学们长出了不自知的啤酒肚,而女同学们绝大多数穿着符合她们年龄的少妇装,抱着孩子,神态已俨然是当年她们母亲的模样。

我们戏谑而痛苦地讨论着,为什么她们那么妇女?——潜台词是,为什么她们脸上,竟然连一点点光也没有了。同样发着朋友圈,玩着腾讯微博,她们说的话,永远是,哎,你怎么那么好命又出去玩呀?羡慕死了呜呜呜。你的照片好好看,可不可以帮我拍?你这个包包好赞,哪里买的?……我可能有着绝症般的偏见,有时看着那些轻盈过的足踝死死踩踏在高跟鞋里,竟然想要放声大哭。想起来三毛在《赤脚天使》里写的,一个女友中了几十万西币之后第一件事居然是买了几十双捆绑自己的高跟鞋,她完全不能理解。

或许高跟鞋是你的梦想,而赤脚是我的。深知世界正因参差多态才丰富多彩,不免嘲讽自己太过偏执。只是永远无法在那些半真半假的羡慕和自怜中看清她们的面孔,从而失去有可能的真诚的对话方式。我关掉网页,深吸一口气。的确不知道,还能交流什么。可以确定的是,我们歧路走远,在各自的路上,还好,看起来还不错。

少女十一二岁时,我们在一个女同学美丽的新居每日相聚,她的地板明净,于我们的水磨石地面的年代,简直犹如皇后的魔镜那样蛊惑人心。我们将地板用水冲湿,轮流小跑并蹲下,嗖地溜过去。傍晚的阳光啊,从好看的窗花纸里透过来,照着女孩秀丽结实的小腿,水汪汪的地面，将人映得好似透明。

四

回过头来讲我的朋友琪。

有一年，我正打算辞职离开成都，而她则犹豫着是辞职做生意，还是在艰难且薪水不高的职位上再坚持坚持。

我们在一个阳光和煦的日子约在新中兴门口见面。她说想买点东西。那时我没有钱，但新中兴这样的市场是不逛的，人太多，款式太多，我看不过来。琪带着我，如鱼得水地在熙攘人群中穿行，顺利地以20元的价格分别买下一个包包和一件T恤。我为她的杀价技术击节赞叹。她说，这算啥，走，我带你去吃好的。

琪所说的"吃好的"，是在新中兴商场的后门，有一间巴掌大的门店，门口摆着三四张小茶几，老板在卖钵钵鸡。人非常多，有的等不到位置就用袋子装了拿到别处去吃，琪担心我身体不好，先抢了一个位置给我坐下，自己才去拿菜。

我们总共吃了十来块钱。和琪吃过饭的人会知道，光是看着她吃东西的那种满足劲儿，你都没有办法不开心。吃完，我们步行走到王府井附近，走累了，随便找了个台阶坐下，在午后的倦怠中怔怔地望着人来车往走神。

一辆宝马车从身边徐徐驶过，她说，哎，要是啥时候，我能开上这样的车就好了。

我说，能的嘛，面包会有的，一切都会有的。

嗯！她用力点头，眼里红红的。

学生时代我们便是如此相互鼓励，彼时她住着行将垮塌的三四平方米的危棚，高三临近毕业，仍旧三餐无着落。她的母亲为了她的学费，嫁了一个附近乡下的退休干部，那时正病得厉害，离不了人照顾。

我陪琪吃面，早上吃面中午吃面晚上吃面。除了有一次，她难过得灌下不知存了多少年的半瓶白酒，醉得不省人事进了医院，大哭大闹一塌糊涂，大多数时候，她都是笑笑的，在街上老远看见，就两只手举起来拼命对你挥舞。

琪说，她的梦想，就是有一套自己的房子，哪怕只有五十平方米。

多年以后，她已经在成都买了第二套房，第一套给了她辛苦多年的母亲。

有一天我们在群里聊天说有什么心愿。有个女孩说想去爱尔兰旅行，琪说，她想换个好点的车，现在的车是二手的，老熄火，费油。

瞧，梦想并无高低，亦无俗与脱俗之别。你大可以向往平平淡淡，也可以追求轰轰烈烈。我之所以难过，是为了那些不再讲出梦想，甚至嘲笑梦想的人，他们放任自流地卷入浑浊的生活中，不再有坚持。

拥有梦想是一种勇气。诚然它会时时刻刻折磨着你的心，但梦想就好像黑暗中的那盏灯，就算永不能抵达，至少使我们活得有方向，有召唤。那么一块亮堂堂的地方很重要,走在人群中,我试图观察辨别,有些面孔真的有光。

我喜欢家附近的那间超市里的送货女孩，每次在楼下按门铃，我开了，她都会大声地对着对讲机喊：开了！谢谢！好多次她是唱着歌上来的，开门之后一脸发光的笑容。不曾询问过她的梦想，但我熟知那种光，从幽暗丛林里焕发，掩不了藏不住。

五

我就态度不礼貌一事向亦墨道歉。当然，不打算改变初衷。我们的交流渐渐多了一些，有时她会拍一张黄昏的天空发给我，说，今天很凉爽。

亦墨的家在乡下，吃的是自己种的菜。我由衷地羡慕，她很骄傲，说完全绿色无添加哦。她有个男友，谈着似是而非的恋爱，据说彼此感觉平平，因为快 27 岁，婚嫁的压力不算小。我尝试着说，如果有可能，还是慎重一些，做喜欢的事，和喜欢的人一起生活，人生会有很大的不同。

你一定很喜欢写文章吧？亦墨问我。

是啊。我说，写不出来的痛苦，写的过程中犹豫试探，写完之后狂喜虚脱……简直是一场爱情呢。

好羡慕你。她说。我曾经很喜欢设计，把设计想象得特别酷，特别有意思。可是，当我真正做了设计师，发现原来没有想象中那么美好，要考虑现实，迎合市场……很多很多。

每种人生都有规则，没有人可以完全随心所欲，可是正因为有种种局限，才容得下梦想，不是吗？它虽然让你痛苦，也给你无限多的快乐。我说。

她想了想，说，嗯，是这样。

我告诉她琪的故事，也告诉她，我有个高中同学，家境很窘迫，一度中断学业去福建打工。后来他挣了钱回来念书，每周从学校往返家里，步行四十余里路。如今这个同学是某所高校的美术老师，平日教书育人，放假便外出旅行，以徒步的方式一点点拓宽世界、丈量自己的人生。

有时我们做着一件事，是为了有朝一日不必做。过着一种生活，是为了终有一天能够过上另一种生活。我写这些字的时候，我最亲爱的表妹远远，正在广州飞往上海的航班上吃着她最讨厌的飞机餐，为了工作，她一年几十次往返于各条航线，一旦得空回到自己小小的租屋，无论多晚，最愉快的事情就是亲手做一顿不潦草的饭，凌晨三点的两菜一汤对她来说不是负担，而是为自己加油的正能量。

今年端午那天，我和久别的远远躺在酒店床上休息闲聊，她换了新的发型，又像孩提时代那样，将我的裙子轮番试穿一遍。这好不容易相聚的一日，竟然舍不得拿来补补睡眠。我问她，你还记得你那会儿的梦想吗？她说当然。我现在也没变。

远远的梦想，是赚够钱开一间超级有格调的精品私房菜。倘若只认识现在职场上雷厉风行的她,又怎会得知这个梦想源于那父母离异寄人篱下的童年,她永远被饥饿困扰,成为一种精神上不愈的疾患。

要是实在不行,卖冒菜也可以呀,哈哈。我笑。

别的都能将就,梦想不能。远远说。

重访故园

记忆中最后一次回学校是 2007 年 9 月,师兄在车站接到我,走很近了,他没将我认出来。我只好在阳光下站定对他招手。他连连摇头,下巴几乎惊掉:"太瘦了,太瘦了。"我嘻嘻地笑道,"生病嘛……瘦不好吗?"他还是摇头,说,"问题是太瘦了嘛!"

其实时间才过去不久,学校却完全不是我记忆里的样子。原先专门辟给我们跑步用的沙石操场被铺上了塑胶,面积也拓宽很多,一排新办公楼从天而降般立在操场边缘,师兄指给我看,说,喏,现在队长的办公室在这边四楼。我茫然张望,问,现在是谁当队长呢?他挠着后脑想了一会儿说,应该是姓于吧,或者姓张,总之当时管我们的那批军官都换过了。

物是人非。心不着痕迹地往下沉了沉。这年 6 月,我因为生病住院未能回校领取毕业证,据说我是唯一一个在毕业照上缺席的人。得知这个消息,联想到的是若干年以后,人们打开影集簿子,凭借画面搜寻往事,记忆中不会有我的痕迹。却未曾想到不过半年光景,当我重返这个容纳过自己无数次失眠与焦灼的地方，记忆中熟悉的场景、熟悉的人，俱已变迁。说来好笑，颇有点医院三月人间数年的意思，世事匆匆往前奔走，一己留在原处。当然，不是我没有变，我也变了。瘦了十几磅，精神不振，声音细弱，站在太阳底下直觉晕眩。

慢慢爬上四楼，师兄见我气喘，层层停下来等我。走进一间崭新宽敞的大办公室，只有一个年轻中尉在值班，依照在军校里学来的规矩，上去就叫"队长"。许是因为我们穿着便服，一看便知不是在校学生，中尉的态度十分温和，下巴剃得很干净的脸上甚至还透着一股羞涩，想是刚毕业上任不久。我很自然就笑起来，过去"队长"总是以严厉刻板近乎不是人的形象出现，眼前这个倒更像个邻家男孩。情绪上很放松，不如过去那样抵触，是心境变了的缘故。

对中尉说明来意，在他去档案室翻找毕业证的时候，我和师兄闲聊。

我说，"现在这边看起来还不错哦。"

师兄笑道，"嗯，会越来越好的，我们这些第一届的学生，只能算是为百年大业光荣捐躯了，试验品，也是牺牲品。"

是不是牺牲品还是看个人。我这样想着，没有说出来。来的路上从师兄处了解到，我们同届毕业的同学，现在大多做着变动性很大的工作，无非糊口。想想这些，学校体制不够完善和教育过程的潦草都脱不了责任。被我叫作"师兄"的P，其实是我的同班同学，这称呼是因他一直给我兄长般的照看。P现今还在学校所在的镇上住着，温习书本，准备司法考试。

中尉在档案室摸索了很久才出来，手里拿着一本宽大的毕业证，我自嘲地笑着接过，有什么意义呢，真正是大而无当。问他，我是最后一个来拿毕业证的吗？他说不是，还有好几张在抽屉里呢，是计算机专业的学生，不知是要还是不要。随后拉扯了几句有没有找工作之类的闲话，便道谢出来。

一抹阳光斜斜地铺在办公楼前面，我因为累，站定了呼吸。

"拿了才觉得可有可无。"我叹气。

P笑笑没说话，他在阳光下站得笔直，脊背似一道墙。平常男孩子断然没有这样的体态，是经历了几年严格的军事化训练的成果。我看着他，想起开初报到的那天，他排在我前面，瘦高个子，肩膀往前倾斜着，以青春期常见的驼背姿势漫不经心地往前挪动。还是有变化的。原来这里给我们的并不只是无尽压迫后无尽的埋怨，一定还有些其他，时光总会留下些什么。

这天不是周末，却有三三两两穿着便装的女学生从食堂门口走过，有说有笑，神情不似我们当年的怨愤。看起来我们前面几个年级的人的挣扎和倡议算有了效用，她们终是不用成天被那身菜色的军装所约束，也不用刻板地列队行走。她们看起来甚至和普通学校的女学生没什么区别了。不免为自己感到遗憾，人生中最宝贵最美好的大学岁月，就在这四周的围墙圈禁起来的一片巴掌大的地方里消磨殆尽，那时的我们必须晨起点名，出操跑步，唱歌打饭，纪律森严。周末有那么几小时可供请假外出，也得绞尽脑汁想一个较为正当的理由……自由，我们呼唤自由，为此一次次抗争，一次次越界……四年时间如白驹过隙，并没有几许时光想起来是快乐的。

球场上依然传来心跳般寂寞的律动，宿舍与食堂中间的小花园还在，那里每一块砖上都有我的足印，不知打发了多少郁郁寡欢的日子。抬头寻找女生楼上自己住过的房间，脑海里一片空白，长久地，却没有任何东西浮现出来。不记得了，找不到了，不知不觉已沧桑。

因为要取一些旧物，P引我去存放学生物件的保管室，很难想象，我们真的从那一大堆一模一样的柜子里认出我自己的那只。转动钥匙知道能够打开，那一刻陡然心虚，仿佛一旦打开潘多拉盒子，旧日子会像灰色的鸽子扑腾着翅膀飞出来。

我犹豫着，深吸一气，然后拉开。

旧物静静的。

顺着柜子倾斜的方向，有一本沈从文的《边城》，下面是一本村上春树的《挪威的森林》，最下面是一本红色硬皮的《高阶牛津中英文对照字典》，其余是一只圆形的不锈钢饭盒、印着小鹿的缺了口的瓷杯子和小半包没有用完的纸巾，以及一只卷成小团的枕头。时光在这里冻结了，一如我离去的样子。

离校那日的画面这才如船只在眼前慢慢浮现。那日我最后走，被子叠在一起用床单捆扎好，将实在带不走的东西锁进柜子。我坐在一层薄薄的棕垫的高低床上发呆，等着叔叔开车来接。宿舍已经空了，空气中还有女孩子们的洗发膏和洗衣粉的味道,只是小阳台上晾的衣服一件也不剩了,夕阳的光第一次那么完整地铺洒进来,金色落在地面,倏忽变成乌光,乍眼看去像一层灰。我望着它发呆很久,直至该走了,它仍未完全消失,忠诚地送别着我。

方才惊觉那抹夕色,便是学校留给我最后的哀愁。

摇摇头,将记忆冲淡一些。我把书掏出来,把柜子门重新锁上,过去带不走的,仍旧留它们在这里吧,那是前一度生命了。转而将崭新的极厚的英文字典交给师兄,我说这个是用得着的,我嫌太重,送给你吧。他点头接过,问我想不想去墙那边现役校区去看看。那是我们刚进校时常常出入的地方,有真正训练有素的军人,有菜式丰富的食堂,有一条河穿过学校腹地,整天发出淙淙水声,有沉默不语的梧桐树,不停地往下掉叶子。

远远的训练的口号声从墙那边传来,那多年以后仍旧惊扰我梦境的齐步走的声音,我站着,听着,胸中涌起一阵不明来路的难受,还没摇头,先有泪意。我认出来,视线的前方就是那条通往围墙另一边的路,疲乏陡然从脚底升起,随之而来的还有熟悉的疼痛。我说今天累了,有机会再来吧。心里很清楚,那些年少岁月里走过的路,实是回不去了。

千里暮云平

离家之前下了整夜雨,我辗转难眠,仿佛裹紧被子都不够暖,终于赖不过寒意,起来将空调打开。

久未去陌生的医院就医,繁琐的过程使人发怵,重述病情更犹如脱去一件件衣服露出难看的病体……这些使人连续多日陷在焦灼里。本想多睡一会儿,却天不亮就醒了,轻轻起床,默默再整理一次昨日归置好的行装,烧了壶热水慢慢喝,一边看书一边等父母。

读的书,是绿妖新出的集子,《沉默也会歌唱》。一个小时后,我将它和去年三联书店所出的其中一本黑塞一起塞进了行李。

许多年前,我还未给《花溪》写稿,从偶得的一本里读到过一句打动我的话,引用过,却苦苦不能想起来是谁写的。

多年后,这个冷冽隆冬的清晨,窗外天光不明,呆住片刻,重逢如梦。呵,原来是绿妖。

"我希望能长久而平淡地爱一个人。如果不能,那就长久而平淡地活。"

2004年，倏忽十年已过去，现在想来，读的人和写的人，未必于当时明白这话深意，也就是说，被书写和阅读感动时，我们未必诚实。不诚实的理由是，还没有真的明白。不明白世界，不明白他人，不明白自己，不明白生命和感情，不明白那时隐约看见的风景，要走上那么长的岁月才能勉强靠近。

现在是出门的第四天，每天下午从医院回酒店，躺在床上累得无法动弹，可是小睡一会儿就会醒来，仿佛睡觉也需要耗费大量体力。床头的书草草翻了半本，看到绿妖几年前、十几年前的文字，有些吃惊，又有些理所当然。我们都是从小县城里出来的姑娘，因此，我对这些字无法给出简单的差评与好评，唯一能给的两个字是："理解"。

我看到了，因为生长土壤的贫瘠而带来的羞愧，自卑，紧张。

我看到了，急于成长急于叛逃的过程中曾经走入的那些大雾和弯路。

我看到每夜每夜落在心里和窗外的大雨，看到了手臂上可笑丑陋的伤疤，看到永远不太会笑的脸，换过许多表情，像谁像谁唯独不像自己。

我看到回首过往时我们既绝情又多情，往前时咬咬牙置之死地而后生的孤勇，我想，我们都有些害怕，关键时候，必须靠孤独给自己力量，人生许多艰难时刻，非一个人，不能熬过去。

隐隐感到绿妖是这样的绿妖，又不那么确定。而这些从她的文字，从他人所述，从她的爱情故事和传闻里拼拼凑凑的轮廓，终于在这本书里得到落实。

去年昆明匆匆见过一面，邦妮说我礼数周到，其实是紧张，因为不够熟稔，我拉拉杂杂准备着手信，记得给她们四人一人刻了一张木质书签，上书一句诗，落款为四人名字里的一个字，绿老师那一枚选了王维的"千里暮云平"。不知为何，我有一点任性的笃定，我想，绿妖要那样的平静。

见面时间很短，屋内五人，黄老师热烈活泼，邦妮虽最年轻却自有一种掌控全局的从容，水老师淡而镇定地坐在一边，我与绿老师斜对角，几乎没有直接的对话，却无端觉得有一种张力在我们之间。

现在明白过来，大概因为我们有那么一些相像。我们的来处、途径，去向。这样的人相逢，会有种了解对方底细的敏感，不会轻易靠近，就像不愿意靠近全然赤裸的自己，在灵魂深处，始终有拔除不了的羞耻。

绿妖比我幸运的是，她青春那时还没有那么多粗劣的伪文学作品虚假繁荣着市面，她能够得以直奔大师门下，那门的确是窄门，里面却无比宽阔，一往无前。她也比我勇敢太多，她豁得出去，去漂流，去闯荡，去爱，去书写和面对。

去年她去支教，在微博偶有记录，我十分敬服，也深知，唯有扑入磅礴的千疮百孔的世界，去经历风霜和抚摸土地，贫瘠才可能成为真正滋养我们的东西。就好像，那曾经一心叛逃的故乡，在一次次落笔中回到眼前，竟给予了我们最多的馈赠和安慰。

至今仍然讨厌故乡，讨厌故乡的人，仍然在回乡时，如同鱼上了岸百般不适。时时感到生命发源处的痛苦的拉扯，感到那生育了我的沼泽地，如若不慎就要没过头顶。但我同时明白，这也是我的能量来源，它粗糙，劣质，狭小逼仄，和外面的世界相比，它就是一条仿造得很糟糕的裙子，遮盖着腥臭扑鼻的人性之阴暗，也围绕着锣鼓喧天的生命之鲜活。

可是真实。唯有的筹码就是这真实，注定了，这书写，迟早要从早年稚弱的模仿，不知所云的呻吟和修辞，走向抛弃了形容词的写实。

记得朱天文曾说，了解自己在世界上的位置，这很重要。我想，绿妖已经知道，她的位置在哪里，要写的是怎样的字，要过的是怎样的人生。

长久而平淡，如何不呢？

唯愿你写得长久，"回看射雕处，千里暮云平"。

不重要的扔了吧

前次友人聚会，蒙赠一本非常复古的软抄本。大红做底的封面，描有盛放的芍药和白樱，黑线描过的绿底子竖框里印油三个繁体字"雙頭甜"，下面细细的小字提示此乃林清玄的文和陆咏的画。内页由字、画、稍作修饰的空白页间插而成，其模式很像这几年出品的《读库》笔记本系列，既可以读也可以写。大约是从右往左翻的缘故，"雙頭甜"看过去像一本古早的小说，塞到书架上完全可以乱真。

得此妙物，自然欣喜异常，再细看内页，竟都有些泛黄脆薄，难道是特地做出来的复古感？问朋友，她大笑，说这是她二十多年前在新加坡念书时买的本子，货真价实的古董，可不是做出来的哟。

啊？我不可置信地问，这么多年你咋保留下来的呀？

随手一送都是有数年历史的老玩意儿，真让人眼睛珠子也跌破。要是安居一处的老实人也就罢了，偏偏这个朋友是个职业"逃跑家"，当年在新加坡念完书，回国一阵，转身去了加拿大，自此在世界各地散漫行游，捎给我的礼物中有墨西哥布娃娃，印度年画……有一次她翻了件深蓝色中式对襟扣子的大外套给我,一问,果然又是十几年前在北京买的。我乐呵呵地照单全收,能够肆意相赠,说明彼此知交到了一定的程度。

难以想象那些玩意儿和数量庞大的藏书是怎么在这些年里随她搬来搬去,我只说她是个流动的博物馆,如此执着于留存。

与她相反,我喜欢扔。

"丢弃癖"是我自己发明的词吧?心情不好的时候会整理柜子,将写旧了的笔记本、某年收到的明信片、一张信手夹在书本里的电影票一一整理出来扔掉,随之而来的是肠道清洁般的轻松。这种丢弃后来逐渐发展规模较大,如花瓶、衣服、礼物甚至抱枕坐垫……凡身外之物,无不可扔,越扔越快乐。当然了,我还没有阔气到扔钱。

联想到患有"收藏癖"的朋友,偶尔会迷惘,我是不是太无情了些?因为我也知道,旧物里往往藏着一段时光,一些情谊,它能够提醒我们那些渐渐忘却的存在,甚至提醒我们曾经爱过和被爱……这样一踟躅,丢弃的方式略有了变通,我开始随心相赠,大部分是书,小饰物,以及大半新的衣服。曾经伴我多时,而今去往他处,是缘分流转使然。

逢着生日,有人问想要什么礼物,我发起癫来翻箱倒柜回送一批破铜烂铁。

什么都不要。相反,我拥有得太多太多,远超负荷。

尽管如此,房间还是满满的,衣柜还是满满的。因为我虽善于丢弃,也同样患有女人的另一种通病,喜欢买东西。诚然,有时一件新衣、一只银戒能够成为鼓励我们继续生活的奖赏，但每天清晨对着衣柜发呆的那五分钟，我真的觉得自己不需要那么多衣服，不需要那么多颜色。于是慢慢学着添置之前想清楚，如果是网购，先丢到购物车里，隔几天再去看，或者已经不那么想要。当时间、情绪、记忆、欲望变成实质，拥有的快感其实很短促，然后它们会积压膨胀，占据生活。于是慢慢地，在很喜欢的东西面前也停手，享受欣赏的愉悦，但不持有。

关于收留和丢弃，我是这样想的，有人精力好，便多存些，有人精力坏，便多扔些，只是两种不同的整理生活的方式。对我而言，心是最好的保险箱，它若记得，无须实证，它若忘怀，实证何用。

不重要的都扔了吧，而且，扪心自问，有多少是真正重要的？

看一看，等一等

我变成一个很容易流泪的人。

有天去批发市场，走很久没有收获，直到在一家瓷器店的角落里看见一套暗色粗纹碗碟，站在那里呆呆不肯走，身边人陪着我，好像知道叫我走我立即就会哭似的。四周购物的人来来往往，彼时都成为画外音，全世界只剩我与我的碗对望。

同样的感受还有观看过一部叫《泪王子》的电影，剧情糟得不值一提，但美术没话说。每每回忆起其中色彩画面，仿佛要被其浓烈饱和的色度呛得流泪。蜷川实花也给我一样的冲击，那是一个在南方城市旅居的夜里，我用朋友的 DVD 机播放随手抽出的日本片，很快睡去，半途醒来被大朵艳丽的花和女子的妆容惊到，周围的暗夜像一口深井，电影画面是璀璨星空，我骇得无法动弹。

没有开声音，分外地静，关乎着流泪地静。眼泪就像专门来陪衬这样灾难般的美。

这样的片刻越来越多，近段时日逐渐发展到在淘宝上看到一块漂亮的小布头、喜欢的摆件、图片里柔软的旧沙发和装帧精致的英文书……很夸张，我都有为其流泪的冲动。也许因为常常是一个人，没有渠道和对象去使这种欢愉得到沟通分享，只好在里面产生化学反应，变成眼泪。

所谓的恋物，想来每个人都会有一点。奇怪的是我不是一定要获得，不，我要的就是不获得。只需站在那里，感觉到心里缓缓有海啸发生，继而变成温热潮汐，它们涌过身体某个神秘部分，整个人因此变得柔软妥帖。就像完成一种神圣的洗礼。越是美好的东西，越是不愿意以很激进的方式去拥有它，生怕它因此遭到破坏难以保全，与之相逢，总以为静默观望已是一种圆满。

十五六岁的时候，曾经很喜欢的一套广西旅游出版社出版的《三毛全集》，烟灰色微微泛绿的封面，绞着花边，素雅美丽的装帧。全套是贵的，我爱不释手却囊中羞涩。那日上学路上被相熟的书店老板叫住，说书店即将拆迁，愿意将那套书以半价卖给我。我明明没有钱，却不舍，只好央求老板留几日，多留几日。之后每天去书店里看看它，就像爱上歌女的穷小子，买不起门票，只好躲在大门外透过缝隙窘迫地偷看。有时也会不好意思，为着自尊佯装目不斜视地路过。最后那套书被我当时最好的同学买走，为此我很嫉妒了她一阵，心里是宁愿我们都买不起的。

追溯再久远一点的幼时，家中经济不宽裕，我自幼寄居外婆家，后来在山上爷爷奶奶家里住过一阵，初初下山时连城里人一日有第三餐都觉得惊奇，厕所里有灯更是天大的惊喜，更别说洋娃娃之类的玩具，根本不在我的想象范围内。那时最想要的东西，不过是一双彩色雨靴。仍旧只是想一想，悄悄地非分地想，懂得不能向大人提要求。

家中大人提及我，总要夸赞几句：××真是很乖，不像别的小孩总是出门就要这个要那个……不索要，是从小就养成的习惯，不知从哪里来的乖觉。因不想父母为难，更不想要了之后落空。这习惯影响到现在，任何事情上都不会去开口索求，小到喜欢的物件，大到情感甚至生命，皆抱着顺其自然的心态，得之我幸失之我命。

前几日新家装修，母亲问我的意见，我忽地动了凡心想要一排邮筒绿的木头书柜，果然几番波折而最终不可得。沮丧失望之后加倍地认定了自己应持有向来不期待的态度，后亦觉得原木色的书柜也很好。都是可以接受的，不去要求，让生活把答案交到手里，相信它就是最适合。

那天母亲说她小时候没有玩过娃娃，后来就买很多。她问我你小时候也没得玩为什么现在却不爱呢。我没说话，其实不是不爱，只是不想拥有，看看就很好了。欲望太多，会苦的，正如衣服买得太多，房间会很拥挤，手机功能太多，时间会变稀缺。

爱和欲望也许都是很难控制的东西，但有的时候，我愿意为它找到更温和的方式，比如看一看，闻一闻，等一等，大可不必急着去要求。也许会有人说这是一种消极和软弱，但这大概是我所拥有的最好天赋，它使我一直很幸福。

我城

想着什么时候回华阳去看看。

华阳位于成都南郊,我的大学是在那里念的。彼时那是一个破败脏乱的小镇,路面凹凸不平,街道狭小曲折,每个月里有那么一两次,我和同学坐着三轮摩托车飞沙走石,呼啸着去吃一碗油大汤鲜的刀削面,改善寡淡的食堂生活。面馆隔壁是一间卖旧书的铺子,地上密密摞着半人多高的杂志,刚过期的《时尚》三元一本,时间久一点便可以两元甚至更少的价格拿下。

我记得许多和价格有关的细节,彼时囊中羞涩,买卫生纸和泡面且要跑到城边的批发门市,超过一定数目的钱都是虚妄。多年以后,华阳成为成都市民周末休闲的好去处,我喜欢的诗人何小竹也定居在那里,闲来无事查查房价,好的楼盘已飙升到每平方米两万元以上,骤然才有很具体的时光匆匆之感。

住过一个美丽的城市,就像有过一段美好的爱情,成都于我是这样的存在。大学四年工作两年,我在它的南边、西边、东边和最中都有久留，记忆的触角牢牢吸附于多次光顾的火锅店，散漫行过的小路，还有我最热爱的宽窄巷子里被烫温的梅子酒，于是有好几次心血来潮订机票飞去，只是为了走一走。

网上流传的那句话，梦里出现的人，醒来就要去见他。就是这样一种年轻的情怀。

当然，这是很久以前的事了。

从成都到昆明是很突然的决定，那年早春身体衰弱下来，蛰伏多年的疾病开始发作，家人在春城工作，说气候适宜，我便去了。躺在病床上，望着窗外蓝得刺目的天空，灵魂仍滞留在几百公里外的另一个城市。病弱中，很伤感，那种伤感也是情人化离式的。我眷恋成都的一切，同时排拒眼前的所有，因为这种爱憎，成都的潮湿寒冷被我形容成"孕育文艺的沃土"，而昆明的干燥温暖自然担当了"烧干一切想象力"的罪名。

怀念啊，24小时不打烊的火锅店，露天咖啡座里弹吉他的异国男子，宽阔平坦的路上留着我和朋友夜游时散乱的足音……这座寄托了我最好时光的城市，在告别后，亦担当着我对那短暂自由的年轻岁月最深的不舍。

终于又一年，蓄好精神再谋工作回成都，却不知是时移世易，或是物是人非，过得并没有想象中开心。待到再生病，再离开，我寄完所有的行李，去搭一班下午的飞机回昆明，过程沉默到黯然。那日成都的天色一如往常，噙着雨而不落下，我坐在出租车上，心知是离别。

有一天突然意识到我在昆明已经七年，真是骇得不轻，就像小说里的女主角夜半醒来看见身边人，惊觉自己已婚数年，霎时间心中涌满的那种扎扎实实的甜蜜惆怅，连同这些稀里糊涂的时光，一并烽烟滚滚打马而来。要说不感慨是假的。曾经不适应的干燥、吃不惯的食物、听不懂的语言，是在什么时候悄然植入了我的生命。就连说话的习惯，也在不知不觉中从"回成都"变成了"回昆明"，从"成都如何如何"变成"昆明如何如何"。

去年秋天去了一趟江南，赶上雾霾天气，十几日的旅途都是浑浑噩噩，好不扫兴。直到返家的那个黄昏，驱车接近昆明地界，忽见天高地阔，空气清透。大朵白云穿上了夕阳的薄纱，在蔚蓝的天空里静静浮游，下面是贫瘠荒凉人烟稀少的高山。顿时心情开朗起来，那是一种让人害羞的狂喜，我不停念叨着，哎，终于回来了。

真的，我想，这又是另一种爱情。

我是个幸运的人。浪漫热烈地爱恋过，而今又熨帖妥当地深爱着，我住过的城市都很好，分开之后，我们从来没有彼此嫌恶相互菲薄。依然会在某些关于成都的字眼和画面偶尔出现于视野时，心中暗暗一喜，但已经不会急着去见它，因为渐渐懂得思念是抽象的，并且只能保存于抽象之中。我很久不去成都，且认为这是一种对记忆的保全，至于回华阳的念头，想一想也就罢了。

都说相见不如怀念，更多时候，我知道自己是不愿意离开昆明。当你熟知一个城市冬日的樱花和海鸥，早春的海棠和牡丹，熟知它的哪条巷子里有让人挤破头的臭豆腐米线……不,甚至拥堵的交通、脏乱的环境和始终跟不上趟的审美都会成为羁绊。所谓日久生情,其实都是绵里藏针,无形中销魂蚀骨,等到发现已经太迟了。

火车站一事传来消息那晚,我正在电脑上码字,瞄了一眼未以为意。过两小时去看,才知道伤亡惨重,当即愣住了。在电视机面前守到半夜,又不停刷手机看有没有更新消息,恍惚睡去然后很快惊醒。后来那两天,只是听着窗外大风狂吼,心中充满共存亡的悲壮。

有朋友留言说,昆明那么危险,赶快出来旅行吧。

我淡淡一笑,哪里也不想去。而今春城是我城。

公车旅行

有天夜里失眠,凌晨五点还没能入睡,想着可以坐公交车去转转,于是起来洗漱。六点披衣出门,用手机照着慢慢下楼,没有发出让灯亮起的声音,走出楼洞的那一瞬,植物气味注满鼻腔,除了一盏路灯,其余都在黑暗中埋伏,真是众人皆睡我独醒。突然之间,辗转难眠的狂躁登时消失了,一种难以言说的自由,仿佛这世界是我的,空气是我的,无尽的道路全是我的。

路上除了火炉边打瞌睡的看车人并无别的影子,早班车最快也要六点四十才能到小区门口的公交站,我抄着手随处晃荡。尽管是春城,冬天的凌晨也非常冷,零下两三度,我用围巾将脸裹住,帽檐拉低,沿小区外围的路走了两圈。再回到公交站,有几个人站着,学生和上早班的年轻人,我攥着衣兜里的零钱,加入了等车的队伍。

记得洁尘有篇散文里写,她曾经有一段时间写不出小说,就每天晚上去坐公交车,然后在走走停停中构思了那本《酒红冰蓝》。我知道成都确有一班彻夜环城的车子,并且一度住在它所绕行的路线旁边,遗憾的是没有坐过。因为洁尘的那篇文章，我产生过一些浪漫的遐想，空旷的城市和夜里寂寥的乘客，在那样的背景下，每个画面似乎都藏着欲言又止的故事。我也不止一次设想了小说的开端，一个女孩坐在公车上，疲惫地靠着车窗，半闭眼睛，湿润的风掠过，天慢慢亮起。

早班公交的好处是有座，车子过了几站，陆续上来穿校服的孩子，有的一上车就伏在前面椅背上打瞌睡，有的掏出手机玩游戏，身后一律驮了很沉的书包，没有睡够的气色，少小年纪，就有点弯腰驼背。不知这些小孩是在哪里念书，但制服是一样的，同在得胜桥一站下车。这时天开始蒙蒙发白，上来几个拿购物袋的老年人，大约要去哪里赶早市。我又跟着坐了几站，然后在上班时间前下车，去就近的一家店里吃热腾腾的小锅米线。

我喜欢坐公交车，这是一种和城市最为贴近的交通工具。有时去别的城市，身体允许的情况下，也会去坐公交。在车上你会听到当地人兴致勃勃的交谈，能看见年轻女孩穿什么样的衣服，车载电视里播出的节目永远最具地方特色，不是某某美食城广告，就是哪里的商场又开业。拥挤时段公车上拉着吊环摇晃发困的人脸，和闲暇时段垮着肩膀无意识地望向窗外的人脸一样，说不出地意味深长。

最近一次，我在苏州，傍晚时分去虎丘，车上唯有两三人。到中间一站，一个扎马尾的女孩上车，没有落座，而是抱着一本书靠在柱子边静静地看。她看书，我看她，车子在苏州老城区静静穿越，夕阳西下，眼前一幕越发显得古意静简。

很可能公交车的气质多少代表了城市的气质，有的车上你会看见乘客礼让，有的车上不乏唇枪舌剑、拳打脚踢，有的车行速度特别从容，而有的车永远在路上暴躁狂奔。昆明的公车总是很快，斜刺里猛地窜出，让受惊的小车司机们狠狠地撂出一串三字经。坐着公车经过正在修地铁的破烂路段，我会想到，这种快速和霸道是一种焦灼，地处高原发展迟缓的城市，它想要快快长大，于是有很多蹩脚的模仿和刻意的破坏，正如我们少年时买醉街头，想要经历爱情，努力扮作成熟，也曾肆意狂奔不顾侧目，但终有一日会建立起属于自己的秩序，快慢都无妨，关键是适宜。

浪迹天涯

前几天听妈说起我婴孩时期的一个段子，那时她极年轻，生完孩子不久就忙着工作，心烦气躁，择事便和爸爸吵嘴。每次吵架妈妈必然对爸爸咆哮，叫他滚，爸爸也是爽快，二话不说跨进卧室，将襁褓里的我拦腰一夹，雄赳赳气昂昂地冲出门。

我听妈妈描绘得生动，不住地笑，问爸爸，那时你是想把我带到哪里去？爸爸悠然地抽口烟，拍拍我的肩膀说，随便哪里，咱两爷子浪迹天涯。我妈听了没绷住，戳穿说，还浪迹天涯呢，就是出大门转个角的茶馆里坐着。我爸面色不改，仍旧乐呵呵的，咱两爷子相依为命四海为家，你饿了我就给你一盖子茶水，你困了我就把条凳拼好给你睡，那会儿你几个月呢，就能把盖碗茶咂得啵啵响……

再没有比听爸妈回忆那一段岁月更为美好的消遣。

"我们两爷子，一起去爬坡"，这两句不知从何拈来的歌谣，从小到大听爸爸哼唱着，他一边唱一边前后划动两手对我挤眉弄眼做鼓动状，说不清那是划船的姿势还是齐步走姿势的变相，我每次见了总是很欢乐，就像真的要跟他出游。

在大多数人的印象中，爸爸爱唱爱跳，不乏幽默，是个很浪漫的人。事实上只有我和妈妈知道，仅仅关于旅行这件事，爸爸不知给我开出了多少空头支票。正如带着婴孩时期的我"离家出走"那样，后来我们的"远足计划"每每以"浪迹天涯"为宏大的目标，最后以落脚在出门转角的茶馆作为结束，每隔几分钟爸爸的目的地就会大幅度地缩短一次，多年来鲜有例外，我只好以他是恋家的巨蟹座作为理由告慰自己。

或者应该提出更正，爸爸不是不浪漫，他的浪漫都是纯精神式的，他也不是不喜欢"浪迹天涯"，年轻时开货车，后来开客车，现在常年在各条航线上飞行往返，足迹不知道在中国版图上来回画了多少次，有一个不可撼动的大前提：为了工作。妈妈说爸爸是工作狂，我的说法较为温和：爸爸在工作中得到无上的快乐。虽然很想和爸爸一起出游，但实际出游的时候少得可怜，他接受不了工作中拖家带口的粘连，我也难以忍受到一个地方办完事情拔腿就走的刻板，长大后每年总有两三次脱离他的视线范围四处旅行，而忆及幼时，很漫长的一段时日是在等爸爸的过程中度过的。

关于我的幼年，被不厌其烦翻出来的另一个段子是，在我念幼儿园的时候，每天放学老师会给每个小朋友发两块动物饼干。我拿到饼干都会发下宏愿要把这饼干留给爸爸，回家后搬了小凳子坐在院子中间，对着通往外面的小巷望了又望，手里拿着饼干，一面咽口水一面端正地等着爸爸。那时他开货车，晚归，于是饼干在一小时之后变成一块，又过了半小时变成半块，再往后只有饼干渣，最后索性将饼干渣也吃了，重新发誓说明天再留。

后来天快黑了，爸爸还没回来，妈妈牵着我去码头边上张望，我的故乡在长江上游，隔着傍晚雾气腾腾的江面，妈妈会突然抱起我，指着对岸说，你看那边，爸爸在向我们挥手，看到没？江水浩瀚，青山之下的确泊着几辆在等渡船的货车，但我怎知道那究竟是不是爸爸呢。只好凭着一两个幽微的小白点，想象那是爸爸的白衬衣，对妈妈笃定地点头。

很多年以后有个夜晚，爸爸开着车带我从滇池边上一路前行随意溜达，本想走走就折返，谁知没看到调头路口，顺着往前开到昆明附近的晋宁。是深夜了。我问爸爸，如果一直没有调头车道怎么办呢？他说，那就开下去好了，哪里累了哪里歇，没油就加油，饿了就吃方便面。我微微笑着看他，心中似有依傍，愁绪也就慢慢消散了。

阿姐

冬季里最冷的几日,正午天色却阴霾得好似傍晚,我走着走着,发现天外天酒店已在眼前,招牌上油漆剥落,外墙灰败。开发区有新酒店,但我执意来住这里,想看看阿姐。

阿姐是我童年的第一个保姆。

我七八岁时,父母工作忙碌无暇照料家务,央亲戚从老家找个朴实勤快的女孩来做保姆,于是阿姐被带到我们家。

很多年以后,我依然记得,阿姐来时正值春夏之交,她穿了件白色有碎花的麻纱衬衣,深蓝布裤,一条大辫子油亮油亮地坠在腰间。齐刘海,瘦高,白皙,一笑就脸红,十六岁的阿姐,第一眼便很讨人喜欢。

最欢喜的是我。曾经因无人照顾不得不寄居在山上奶奶家,每天坐在门前望着延伸的梯田和重叠的群山,冥思苦想怎么离开。我告诉父母,他们并不相信,几岁的孩子会有那么清晰的孤独感和叛逃心。阿姐来了,我不用再担心被寄养,何况是看起来这么温柔美丽的阿姐。

阿姐叫我妹妹。给我做三餐，帮我洗衣服，陪我玩耍，我们很快亲密起来。

我问阿姐怎么不读书了呢？阿姐说，考上了高中，但没有钱读。

我很为她遗憾。

阿姐来的第三个月，老家亲戚要进城卖木头，阿姐接到消息，立即去买了蜜饯、萨其马、水果糖，以及两包红梅烟。她将来人唤作幺叔，那中年汉子脸黑黑苦苦的，叮嘱阿姐要好好做工，此外没有别的话，阿姐应着，问问幺婶的身体，又将买的东西和三百块钱一并拿出来。

后来我才知道，那汉子就是阿姐的爸爸。阿姐出生时有人给算命，说她命硬，会克父母，所以自小被抱养到大伯家，对父母只能叫幺叔幺婶。

那年阿姐的工资是一百八十元，因为家务做得洁净，手脚麻利，性格也好，半年后涨到两百元。又过一年，涨到两百五十元。母亲喜欢阿姐，最后索性将她收作干女儿，于是她把我的外婆也叫作外婆，把我的姨妈也叫作姨妈，我心中说不出来多高兴，好像阿姐一辈子都会同我在一处，叫我妹妹，妹妹。

阿姐十八岁那年，母亲为她找了份在宾馆里做服务员的工作，仍住在家里，照常帮忙打扫，如此多一份工资。阿姐上工那天，我自告奋勇要为她化妆。偷拿了妈妈的化妆盒，却发现阿姐明眸皓齿，眉宇如画，竟一点找不到需要添补的地方。

彼时我十一岁，已经开始搜罗家中的杂书看，书上不乏灰姑娘变白天鹅的故事,我看了总做白日梦,梦见我的阿姐有朝一日也飞上枝头。果然,阿姐很快从服务员升级到前台,又变作前台领班,要不是我忽然摔断了腿,她不会辞职。

盛夏酷热,阿姐每天背我上学放学,后背湿透,没有怨言。

我腿好了不久,家里出了事,母亲放在衣柜里的好几件贵重金饰不翼而飞。因为平日里没有外人出入,外婆疑心是不是阿姐。那日母亲当着家中长辈的面委婉地问阿姐,她的脸也是一下就红了,说从来不知道妈妈的首饰放在哪里,别的没有多余解释。还是一样地做饭洗衣服,话却少了。又过了半个月,阿姐辞了工。

那年年末,我们终于得知盗窃一事罪魁祸首是表哥,母亲后悔猜疑了阿姐,四处打听阿姐的消息,得知她去了南方打工。

三年前我回故乡,住天外天酒店,一日起迟,打扫卫生的来敲门,我去开,当即就愣住,站在门外穿着服务员制服的,是我的阿姐。她老了一些,还是那么瘦。

阿姐——

妹妹——

我们同时喊出声来,四手交握,她的手冰凉粗糙。我们在床边坐着说了一会儿话,我眼睛无法离开她的手,有许多小小的裂口。她心酸于我为疾病所苦,不复童年时的活泼;而我则为她终于没有变成白天鹅而痛惜。后来,我总是想,要是当年阿姐没有离开我们家,要是妈妈能再为她找一份不错的工作,那她的日子会不会好一些呢。

放下行李第一件事,从背包里拿出买好的护手霜,去问楼层值班处曹敏什么时候上班。里面的人抬起头,诧异地说,曹敏?没干了呀。

啊,什么时候没干的?我问。

去年啊,她男人在鄂尔多斯挖煤,工地上缺个做饭的,她就去了。那人说。

鄂尔多斯。我想,难怪阿姐留的电话打不通了。慢慢走回房,说不清是感伤还是遗憾,抬眼看窗外,旧城苍茫中,不知何年何月,才能再听得她叫我一声妹妹呢。

姨妈的再婚

姨妈再婚了，正式的，听说已经办了手续。这个消息使我十分意外，倒不是说不相信她对婚姻的诚意，只是一件东西寻觅太久，真到手难免有些无法置信。新姨父我没有见过，只知道是湖北人，在城里有房子，但现在住乡下，自己种了两块地，放羊，还喂猪。姨妈和他是经人介绍认识的。

算起来是去年秋天的事情，去湖北之前姨妈曾在云南停留，当时只知道她要去湖北访友，没曾想是相亲。也难怪，离婚十几年来，姨妈寻寻觅觅，始终不得良人，行前与我有过深谈，知道她乐观豁达的外表下其实深藏受流言指责之苦。寻求幸福有什么错呢？这是姨妈的原话，我说没错，但幸福这玩意儿到底是什么，实在有待商榷。

网上有句关于幸福的描写是这样说的：幸福就是猫吃鱼，狗吃肉，奥特曼打小怪兽。话虽简单，却透着一股子机灵，说的是求仁得仁何所乐也。因此追求幸福没有错，并且不难，难的只是没有目标，压根儿不知道自己想要什么。

我问过姨妈想要什么,她说想要个巴心巴肝对她好的人。我说不止吧。姨妈这才不好意思地笑了,说当然了,想要爱情,想要经济大权,想要对方幽默风趣有内涵。

嘿你这个老少女。我忍不住一拍掌,唯有少女才以为世事可以齐全美满。可放眼世上,哪有那么好的事?

姨妈生得很美,又注重保养,五十岁的人依然有四十岁的风韵。做得一手好菜,理家也是一把能手,因此多年来追求者甚众。形形色色的大叔姨妈交往了不少,却都在很短时间内告吹,原因无他,风度翩翩者暗地里是个市侩小市民,出手阔绰者一条内裤穿十天,好容易碰见个既整洁又大方的人,偏有个难伺候的女儿和纠缠不清的前妻。

我安慰过姨妈,或者这就是人生的真相,你不可能赢得全部,有正分必定有负分。她理想主义不信邪,一路寻下去,大有绝不妥协的劲头。说得好听点是执着、是追求完美,换种说法就是欲望太多,猴子掰玉米。我们对姨妈的感情事业无不是失望的,也深信她这辈子很难找到合意的对象,谁知突然婚了,真让人措手不及。

深秋认识,年后结婚,虽不算闪婚,却也够快。因回乡档期不同,我们错过了见面的日子。得到消息后打电话去恭喜,姨妈在那边竟有点羞涩,笑说,恭喜啥哟,我现在是嫁狗随狗,马上就要下乡当农民了。我心想不至于吧,姨妈素来爱美,将皮肤和身段当作人生第一要务,怎么会舍得下乡,别说务农了,光是想想她那些漂亮衣衫再没有穿的机会,我都有几分憋屈。谁知没多久,她竟真的收拾细软跟着新姨父下乡去了。

　　此后很久没有姨妈的消息。我有些担心，母亲却说没有消息就是好消息。直至六月高温，终于再次致电问候，电话响了好多声才被接起，只听见姨妈高亢的声音在那边放鞭炮似的：喂，啊，刚从地里回来，猪跑了，去逮，半天逮不着。我本想问她有没有找到想要的幸福，结果顺着这话题谈论了好半天关于猪和羊的事，早不知把"幸福"二字甩哪儿去了。

她

"哐啷——"一声门被推开,伴随"刺啦刺啦"的节奏,听出是清洁工打扫。我紧紧闭着眼睛,徒劳地想留住睡眠,不过片刻,刺目的日光灯又被"啪"地摁亮,护士端着盘子进来,推推我,说,该抽血了。

住院的日子便是这样,假治病之名,得不到半点安稳休息。

我伸出胳膊,迷迷糊糊任护士摆布,用压脉带勒紧胳膊,拍拍打打刺探,折腾一番后总算再次熄灯。打个呵欠,正欲小憩补充一下,听见隔壁床上的阿姨开始祈祷。

遇见过不少有意思的病友,基督徒却是头一位。那天她是被人抬进来的,听说做了从大腿穿刺到肚子里的手术,24小时不能动,我不好意思仔细打量,只从两个随行的儿子判断她还算年轻。不免叹息。尽管没有听见她呻吟,可住到肿瘤科,总不会是轻的病。

头一天只是静静躺着,白天无人陪伴,她大概不愿意麻烦护士塞便盆,连水都不曾喝过。夜里10点多,大儿子好歹将晚饭送了来,她也没有吃什么。两人聊到12点,声音不大,仍然吵扰人无法入睡,隔着帘子我心里很是窝火。第二日才知道,她儿子在附近县城工地上班,下班后在工棚做好饭再搭车来市里,另一床的婆婆问她,咋不在食堂吃呢?阿姨笑道:城里的菜没味道,肉也不好,我吃不惯。

在医院里,富足往往比贫穷更让人羞愧。譬如我,在听见邻床阿姨这样的解释之后,面对妈妈从KFC端来的粥,不禁赧然。同样困难的是当她试图表达友好,掏出柜子里的散装牛皮糖、干瘪的橙子、没听说过名字的曲奇饼干要向你分享,拒绝便成为一种伤害。我只好再三脸红道谢解释说:医生只许我吃流食。

她分发食物的时候很羞怯,生怕别人嫌弃,先讲好:"便宜的,您随便吃吃。"医生查房,她赶紧拿出,不肯撒手,但最后也没能送出去。于是一遍遍感慨,这些医生都是好人。

多住几天,慢慢了解到,阿姨是禄劝人,家在山上,地很薄,很少,靠种庄稼几乎无法生活。因为贫病她曾经多次寻死,直到十几年前去了教堂,信仰了耶稣,才放弃了这个念想。她好多次重复这样的话:"我没有钱,病也重,可是我平静喜悦,我的丈夫对我很好,儿子也爱我。""真的,我一点都不抱怨。主爱我。"

对于我这样的无信仰者来说,传教不太受用,可是当她刚刚能够起身,就翻出那本皱皱巴巴的《圣经》,试图将她觉得好的分享给我们,要驳斥根本不可能。仅仅提出质疑都是一种残忍,眼前这个人,明明一无所有,她的身体比最贫瘠的土地还要枯瘦,却每天微笑,说,我很满足。

驳斥是不可能的,她没有知识,你的一切理论和经验都在与虚无对抗。我最后不忍说话,单只听着。她唱诗,祈祷,餐前致谢词恐怕长达一千字。做了化疗难受得不停呕吐的那天,她跪倒伏低,久久保持那样的姿势,让人害怕她忽然死去。这是她唯一的寄托了。但凡有点恻隐,都不应去打击。

又一日,听医生对她说,肿块已经完全包裹子宫。她也是微微笑的,说,我听主的安排。从我的角度看去,她像个待嫁女子,侧脸竟有些美丽。

留住天真

我的第一次飞行经验来得很晚。是23岁,从四川飞往云南,过程只得一小时。一小时的飞行意味着什么呢,就是你刚刚上机,在空姐的提示下系好安全带,然后撤下安全带,喝一杯水,就到了该再系好下降的时候。如果我能够看得够远够高,想必那是条美丽的抛物线,刚刚到达高空则徐徐下落,总的说来,很不过瘾。

在我幼年的想象中,飞行应该是一桩甚为高档的体验,无数次看过书本里那些人写到在高空中仿佛伸手可及云朵的喜悦。可惜这体验来得迟了,恰逢装腔作势的年纪,我记得自己虽然选了个靠窗的位置坐,却装出一副漫不经心的"老手"的神情,不管是对于窗外飘过去的云朵,还是空姐的温馨提示,一律报以懒洋洋的神态,似乎在说,这些我早就知道了,不必再看也不必再听。

内心喜悦吗?该是有的吧,只是现在想起来也混混沌沌,因为压根儿没敢正眼看那第一次遭逢的云上的天空,生怕被人看作土包子,带着几分念书时"不懂装懂"的心情"端庄"地沉默着,面对众多饮料也只要一杯白水，其实心里想喝的明明是咖啡。读过一个作者曾经在一篇文章里写她喜欢飞机猛然下落的失重感，因此我特别留心那个片刻，就像坐车时冲下一个很陡的坡道，这强烈的失重，就是我对于飞机初体验里仅有的记忆。的确，很有快感。

之所以叫作快感，大抵以为是即兴的，当下的。多年前阿姨们远游归来，捎带给我们小孩的礼物中总有两块飞机小食——巧克力之类。那时坐飞机的确是高档的体验，食物是精致的，湿纸巾是高级的，连机票也要签厚厚的一本。可想而知，那时的我多么憧憬坐飞机。然而渴望一件事情的时间太久，快感也顺势被延迟，"当它实现的时候同时开始幻灭"。对，这也是安妮宝贝说的好句子之一。

后来飞机成为大众消费的交通工具，我因为身体缘故也开始频繁在空中飞来飞去，选的位置多数是靠过道，因为方便。火车情结我是很淡的，火车旅行，最紧要是搭以默契的伙伴，而我常常独自出门，有意思的火车在记忆中只有区区两三次。2007年到2010年之间我飞得很勤，航线在成都昆明重庆广州北京几地辗转多次，机场开始变成类似于火车站的地方，人多，嘈杂，卫生状况难以控制。每个机场都会有推着手推车的小红帽，别以为是免费服务，从帮运行李到帮拿登机牌，收费最低十元。

我印象最好的机场是在越南的胡志明市，大厅的座位干净舒适，有轮椅随时免费提供给生病的旅人，卫生间也非常干净。当然，我说的主要是残疾人使用的那间。国内机场的残疾人专用卫生间，我看过好几次，脏得不可思议，并且就"作案"痕迹来说，绝对不是残疾人所为。国人在经济条件好转的同时其余素质并未跟着提升，这一点在旅游景区表现尤甚。

观察机场的乘客是件有趣的事，绝大多数人脸上都带着西化的冷漠神情，每张面孔都写着坐飞机是家常便饭八个字。有笔记本的务必玩笔记本，没有笔记本的玩手机，最不济的也戴着耳机看书看报纸。拿着相机拍飞机的人也有，不过越来越少了，人人都担心被看作土鳖，不小心坐进候机区的咖啡室，看着昂贵的菜单肉疼，不点一份却无论如何也不好意思。反正我就曾经很傻地在候机区吃过50元一份的水果拼盘，那种死要面子活受罪的心情，现在想起来真有点哭笑不得。

3月我从昆明飞去北海，机上有群云南中老年妇女组成的旅行团，戴着清一色的扎染花布帽子，不像是通常所见的旅客，倒有几分渔民的气质。她们在机上一直很吵闹，很多人显然是第一次乘机，随着飞机的起飞和空中的颠簸发出一阵阵大惊小怪高低不平的惊呼，轮换着人去窗边看风景。我正好坐在前排，不得不承认心有不耐，转头想用目光表示不满，却正好看见一个满脸皱纹大约50岁的阿姨用卡片机对着窗外拍照。

阿姨拍好了，递给身边一个更老的女人看，可以叫作婆婆了吧，那个女人，脸上的皮肤和皱纹已经接近于大地。我惊讶地看到婆婆坚定地推开相机，颤颤巍巍地越过阿姨，将整张脸凑过去趴到窗前，她瞪大浑浊的眼睛看着那些云朵，那天天气并不好，哪怕飞行在云层之上，也只能看见一大片灰扑扑的棉花。婆婆忽然像孩子那样发出欢呼声，我清清楚楚地看到，她咧开来的嘴里，仅有几颗风烛残年的牙。也是那个片刻，老人的天真打动了我，我意识到自己曾经用麻木的心情错过多少美好的人和事，不由得惭愧。

真的，人越老会越像小孩子，会很自然袒露出喜悦和痛苦，他们才不管别人怎么想怎么看。可是有很多人觉得做小孩是件丢脸的事，很怕被人说不成熟，没错，我也曾经是这些人的其中一员。有年在广州旅行，和烟花逛超市，她说，你怎么像个小孩，什么都没见过的样子。那时候我偷偷地羞赧了，我觉得自己像初进大观园的刘姥姥，举动里处处透着蠢。

现在想起来这才是蠢，我少年时就读过《小王子》，却到现在才明白，多想永远有颗孩子的心。洁白的纸，天真的心，世界怎样到来，白纸上就落下怎样的痕迹，不要有矜持，也不要有姿态，更不要被世俗的框框条条束缚了原本发达敏锐的感知能力。对未知事物保有惊诧和喜悦的能力，快乐的时候就笑，痛的时候就哭，好了伤疤就忘掉疼，不怕受伤地勇敢爱，这是我们孩子时都有的神赋的本能，怎么在成长中慢慢失却了可贵的天分。多可惜。

出走记

14岁、15岁之间,我曾有一度非常想离家出走。

起因是简单的,快考试了,快发成绩单了,快开家长会了,各种。那时与我很好的H,因为家里有个过分严苛的父亲,她一直是深度考试恐惧症患者。有日我们说起"逃跑"这个话题,立即一拍即合。她举了若干个例子给我,某某人离家出走后过上了自由的生活,人名地名都很翔实,仿佛确有其事。她说,我们也离家出走吧,就算跑不了多久,能躲过考试也行。

记得小学六年级班上曾有几个顽皮的男生结伴出走,后两人提前返回,两人身无分文在外流浪,最后不得不向警察求助才得以回家。这些先例让我有些犹豫,不过男生们回来之后据说没有受到父母的责骂,反而获得了一定的话语权和自由,又很使人心动。

好友T知道我们要出走的事。不知从哪里挤出来30元钱(应该是30元吧),郑重地嘱咐我们在外要照顾好自己。我记得她给我们钱时候的表情,就像将自己未酬的心愿重重地交付在我们手上。我们感激得不知如何才好，大恩不言谢，30元的资助在那时候，真是算多了。

有了这鼓励，更是必须要走。

筹备的日子我和H还有T，三人常常开秘密小会议，激动地讨论路线，分析各种投奔的可能性。H甚至打算出去后在另一个城市开一家做手工的小店，现在想想，梦境也不至于这么天真。因为H的家中较为富裕，我们说定走的时候她在她爸的皮夹子里拿些钱，而T资助的30元在那些日子早就换成了零零碎碎的各种"也许在路上用得着的"小东西，像纸巾、宝宝霜，等等。

我穷得可怜，在家里环顾又环顾，搜索再搜索，还是找不到什么值钱的东西。抽屉旮旯里的零钱硬币平常早就摸索来用了，穷让我本来忐忑的心情更加不安，心里想着，自己是一无所有的，出去以后全要靠H。唯一的保障，大概就是我和H之间的友谊。

准备出发的前一天晚上，我吃饭的时候有些悲伤，父母不知道我要从家里逃跑，还是一如往常地让我刷碗，扫地，收桌子。带着将离别的情绪来做那几件事，刷碗的时候自来水冲到手上，简直像要心碎了。

书包里的书已经腾空，装了一件妈妈淘汰给我的缩水的柠檬黄高领羊毛衫，那是我冬天里最厚但最不占空间的衣服，另外就是一条裤子，一套内衣。大概还有点花生和两个橙子。清晨5点半我穿过4条街，爬上3楼，在H的家门口轻轻叩门，过道上的感应灯偶尔亮一下，很快熄了。我等了很久，不敢继续叩，脚站木了，也不肯在楼梯上坐坐。

又过了很久H才来开，是刚刚起床的样子，对我做个嘘的手势。然后她将门拉拢，外面黑了，我便站在黑暗里等。想着自己没钱，不由得生出无望凄凉的感觉。

再出来时H对我说，皮夹在她爸爸的床头，拿不到。

拿不到也走吧。我心想，我们身上加起来总共大概有80多元钱。坐车到附近的城市还是绰绰有余的。再过三天就要考试，不走就来不及了。

H不响，背着书包随我下楼。楼下那家面馆已经开始营业，白雾从锅里窜出来飘散在空中。我们心事重重地各自吃了一两面，旁边是不停开过去的早班车。那时候的车，招手就可以停可以上。每过去一辆，我们就说，下一辆吧，一定上。然而下一辆来了，车脏，目的地远，各种原因，还是没上。

天一点点亮了，冬日的清晨，天亮得缓慢而坚决，像一种残酷的死刑。我抱着沉甸甸的装了衣服的书包，看着不断开过去的车，绝望得几乎要哭出来。可是有种莫名的念头告诉自己一定不能哭，必须坚持住。H在旁边说着一开始时告诉我的那些离家出走的故事，她现在说的是故事的反面，也不是那么顺利的。还说有个姐姐出门就被男人骗了，失去贞洁，不敢回家，只偶尔偷偷和她通电话。

我沉默，不想和H说话，却没有一个人走的勇气，又不甘心被这些话吓住，改变斗志昂扬的初衷。时间已经过了7点，吃早餐的学生渐渐多起来，人们的出现是一道特赦，H说，走吧，人太多了，走不了了，下次吧，下次我们计划好一点。然后两人一起往学校的方向走。能感觉到彼此都松了一口气，许是松得太多，脚步非常虚弱。我一直把书包抱着，里面装满了衣服，想着快要考试了，想着根本不可能出走，想着从此欠下 T15 元的债务，心里比死去还懊恼。

那年冬天考得并不是太糟，虽然不理想，还是战战兢兢地过去了，只是 T 的钱到底没还上。她也仿佛对我们失望的样子，不再提及这件事。而我只要想到等在 H 家门口的那个清晨，就不能自已地难过。

原以为是可以逃一次的。

冷吃碱粽子

我嗜爱一切冷的食物，年少时经常半夜起来抠锅里的冷饭吃，自来水管拧开直接歪过头去接着喝，舌头上的味蕾好像遇到冷食才会激活，冷的东西吃到我嘴里，有一种特别的甘甜。

看过的第一本武侠小说没有封面，破破烂烂翻了几页之后，一段关于吃食的描写让我眼前一亮，"二人进得店来，小厮紧忙上前伺候，董云衣袖一挥，与小魔女坐下，循例要了八冷盘八热食，那小厮一声好嘞，手脚好生麻利，只见碗碟很快摆满八仙桌。盐花生、盐毛豆、桂花藕、卤猪耳、酱牛肉……"说好八冷盘，只写了五样，其余呢？其余呢？我辗转不成眠，胃里馋虫扭来扭去。午夜谈吃这种事，越平常越诱人，《红楼梦》里那些精致菜肴反倒难以勾起人的欲望。

去年粽子擂台赛，甜咸粽子两分天下，我吃过肇庆裹蒸粽，也品尝过嘉兴肉粽，私以为还是碱粽子冷吃最可口，因其清淡无油，最能吃出箬叶的清香和糯米的甜润，冷吃别有几分韧性，若是碱加得恰到好处，其中滋味更是十分微妙，难以描述，清清爽爽近似于和风。五六月间，气温逐日升高，冷吃个碱粽子当加餐点心，一点不会腻口，只是对胃动力要求相对苛刻，肠胃不好的人，无论粽子冷热，还是忍嘴为好。

念书时每天从一条巷子里穿过，无论冬夏，巷口总有间小店会早早地亮起灯，我顶着启明星前行，远远看见那只摇晃在幽暗晨光中的三十瓦灯泡，加快脚步走过去，要一两凉面和一只粽子。去得多了，摊主阿姨不消说就端上这两样，酷暑严冬总不更改。

这么爱吃冷的呀？阿姨问我，明天开始就有冰粉了哦。

那也是入夏季节，她家的冰粉口味不多，但料足，中午放学再喝一碗，爽入心脾。

五月伊始，故乡照例有人捎了粽子来，沉甸甸一网兜，总有三五十只，已经全部蒸熟，只需要吃的时候依据喜好加热即可，方便快捷，不消几日全部消灭。父亲喜欢加热后蘸糖吃，我则爱加热后放凉，除去冰冻后的僵硬，母亲则冰箱里拿出就吃，她说那样最好味。今天母亲想起来问，怎么没有粽子了？我说吃完了啊。她啊一声，不可置信的样子，这一阵她致力减肥，主食类不敢多吃，我和父亲自告奋勇解决了大半。

母亲向来爱吃冷粽子，她那副失望的神情，让我想起三毛的《饺子大王》里写的，在丹纳丽芙群岛，去表姐夫的大船上用餐回来的夜里，她趁荷西和玛丽莎睡觉，偷偷将打包的冷饺子吃掉，次日两人起床，面对冰箱里可怜巴巴的五个饺子，气鼓鼓地埋怨她："你趁人好睡偷吃饺子也罢了，怎么吃了那么多，别人还尝不尝？你就没想过？自私！"

今晚睡哪里

今晚睡哪里，这是辗转的旅途中最常想起的问题。

陈丹燕有本旅行随笔叫作《今晚去哪里》，写的是她漫行欧洲时寄居在外国友人家中的琐细。书里配有图片，颓红色墙边的花，形状细长的厨房，阁楼里被单微微发皱的床，房子外通往湖边的石板小路，和她写的那些幽静时光一样，遥远而美好的样子。

我用手机查酒店时想到这本书，煞风景地猜测，不知道陈丹燕出去旅行时花不花住宿费。她的书里从来不写这些，或许谈到钱便影响旅行的美感。那些文字，像是隔了一层很厚重的雾，遥望海的彼岸，影影绰绰，不认为自己真的可以走到那边去。

做了三年旅行杂志的编辑之后，我更赞同三毛所说，"流浪从来不是一件浪漫的事"。它很具体，关乎衣食住行的方方面面，是人在脱离了居家的繁杂后投入并建立的另一种艰难的规律感，长期走在路上的人，和长期陷在生活中的人一样，都有身心难以排遣的厄困。

旅途中住得不妥会让我焦虑。妥当是一种因人因地而异的标准，如果是城市间辗转频繁的旅途，我偏好简洁的连锁酒店，最好新开不久，床品比较干净。入住简单，价格实惠，大多开在路边，出入极为便捷。缺点是停车位和网络质量偶尔得不到保证。

连锁酒店不会有过度服务，他们周到而不热络，连打到房间试探的电话，也只是响三声不接就挂断。略为冷感的距离适合短途旅行的节奏，不会让人有发生感情的错觉，没有难以割舍的粘连。当然了，如果是去某个风景宜人的小镇上小住一段，选择一间别致有情调的客栈是有必要的，朦胧的灯光，精致的装潢，柔软的沙发和抱枕给人致幻般的催眠，好似这里是个家，而你已经在里面度过半生。

有两三年我常去束河，一个人或者和朋友，找个客栈住着，懒懒地晒太阳，散步，消磨十天半月。那时对客栈的选择以氛围为主，着迷于散漫的情调，不在乎床垫是否塌陷，热水器是否好用。后来发现客栈同人一样，品貌往往不一，灯影迷离的客栈通常不会有高质量的硬件设备，而看似朴实无华的装修，却能给人带来意料之外的安全感。年轻时候的浪漫，被岁月的风一吹，变得脆薄易碎。消费廉价其实不只出于贫瘠，更有青春的健康充沛和无所畏惧在里面，以为自己可以餐风露宿四海为家。

去年表妹去纳木错，坐了10小时汽车之后被送到一间青旅十几张通铺的大房，里面鱼龙混杂，各色驴友云集。她回来感慨说，本想去接近自然，感受年轻的狂野，却发现自己习惯了空气净化器的嗓子难以消化四周弥漫的尼古丁。其实格调与设施兼备的住所也有，只是昂贵罢了，说起来，又有哪种生活是不需要付出代价的呢。过于完美的布景明显是作假，但我们从现实中短暂逃遁，寻求的不外乎就是一种虚幻的存在。

如今，旅途中最愉快平静的时刻，是早起读几页书和晚上洗漱完毕坐下来写日记，无论身在哪个城市哪个酒店，都能迅速地凭借文字和灯光获得一种秩序感，旅途中的劳顿和种种情绪起伏被轻轻抚平。大概任何一种生活方式最后都无可避免地会落入惯性的齿轮，但我珍惜内心的安宁，心安之处即是家。

眼不见难为净

据说有日汉武帝闲着没事儿,与宠臣寿王以及东方朔聊天,汉武帝问,世界上啥东西最干净呢?寿王说是水,因为水可以洗净万物。东方朔素来犀利,说,哼,要是有人把尿掺到水里,你还能说水干净吗?汉武帝一想,还真是,又问,那爱卿你以为什么最干净?东方朔答:眼不见为净。实在妙人妙语。不过我想,东方朔大约没有眼疾,不知道眼睛看不见的痛苦,要换了"未足四十,而视茫茫,而发苍苍"的韩愈,打死也不会为他点赞。

我视力减弱已有三四年,最近半年尤其严重,晨起流泪不断,稍稍用眼疲劳就感到眼球肿胀,眼前一片白茫茫,傍晚时分在室外散步,溺水似的,非但不净,恰如白居易《眼暗》所言:"夜昏乍似灯将灭,朝暗长疑镜未磨。"上周去医院例行检查身体,终于鼓起勇气挂了眼科,不知为何,看眼睛和看牙医以及看妇科在我心中都一样,是有些羞耻的事。

眼科候诊的病人比想象中多,百来个平方米的空间里或坐或站挤满了人，进去只感到氧气不足空气浑浊。我茫然四顾，看懂要先将病历本交到分诊台。分诊台有个护士专门帮人测视力，那张画满 E 字的纸我看了就怵，因为着实看不清几个。硬着头皮站在规定的线旁，猛然记起高中毕业那年测视力，医生告诉我可以考飞行员。

原本好的部分现在不好了，心情如同遭遇拦路抢劫，生病多年，身体这部机器的各个零部件逐渐出现问题，这里敲敲，那里打打，总归架不住越来越坏。视力测出是 0.3，遥想当年 2.0，再抬眼看看周围，俱是模糊人影，陡然生出些时光荏苒老眼昏花的惆怅。

朋友中有个视力不太好的女生，从中学起就要戴高倍数的眼镜，有时遇见不是很熟的同学招呼，她认不出来，因此常被人误以为骄傲。我安慰她视力不好是好事，听而不闻视而不见是佛家境界，少很多外界的烦扰。近年来自己视力减弱，才知没有那么轻松，比如我已经没办法享受在电影院里观影的乐趣，阅读和写作的效率也逐次降低。

向医生陈述病情，有种交代罪行的错觉，公立医院人多，大家都挤到诊室，毫无隐私可言。我讷讷地说了这些年吃药和患病的大致经过，医生又检查了其他几项，最后判定是激素所致的白内障。哦，还好，白内障可以通过手术治疗，松了口气。交费时又经过测视力的地方，看见一个十岁左右的小男孩左眼完全失明，此刻我已有余力挥发同情心，且庆幸，自己还没有太糟嘛，小问题，修修就好了。

"笑谈纷自若，观者颈为缩。运针如运斤，去翳如拆屋。"这是苏轼记录的古时治疗白内障的金篦术，相传来源于印度，真是生动形象如在眼前。因为上网查手术注意事项，我又读到这些从前不知道的诗句，如此更觉得可以看见真好。

Part 2

唯有热爱，能抵御岁月漫长

想起喜欢的食物,不再大街小巷地找,而是一遍遍做,直到满意为止。这个过程本身便使人醉心。尤其在经历遗忘和被遗忘、放逐和被放逐之后,摊开双手,让最后一些沙粒滑落,能捧住的只有食物。它掺杂了记忆,滋味复杂,简简单单的一碗豆汤饭,也成了怀旧的仪式。

春城冬意

  天气预报说昆明有雪，次日果然下雪了，起初是雨夹雪，后来变成干燥的雪花，纷纷扬扬自空中飘落。算起来还是2008年1月，雪灾记忆深刻，有人滞留火车站回不了家，有人为抢修电路付出生命，雪落无声，尽数覆盖。回头想想，只记得那时我在成都，清晨被同住的女孩脆声唤醒，她说下雪了。我披了长长的羽绒服跑去阳台，外面的屋顶上、车顶上无不是一片白，世界好似被冻住一般寂静，然后母亲打电话来，说昆明也下雪了。

  没有太多实际经验的南方人譬如我，提及落雪第一反应永远是"打雪仗、堆雪人"，慢半拍跟上的是浪漫主义情调，"大雪给木头小屋穿上了厚厚的白毛衣，我坐在房间的摇椅上看书，地面铺着绵软的羊毛地毯，脚边的壁炉烧得很旺很旺"，如此云云，想象力不用办护照，一路直飞到北欧某国或是西伯利亚。若论及亲切易实现，当数白居易老师的"绿蚁新醅酒，红泥小火炉。晚来天欲雪，能饮一杯无？"论意境再好不过，只是未免寒酸，不说煮火锅吧，火炉上弄几条地瓜烤烤也好。

　　过去在老家，身体尚康健的时候，冬日寒冷，家人也会允我一起喝两盅烫热的米酒。腿边支着的炭火炉子将膝盖烘得暖暖的，手上夹着刚出锅的叶儿粑送进嘴里，油汁挤破薄薄的糯米面皮溢出来，舌头烫得打转，仍直呼快哉快哉。而这个冬天，我没有炉子，没有酒，父母亲友无一在侧，落雪只使这天多了件事——间或就去窗口张望，看雪的势头有没有变化。

　　拍几张照片上传到网上，再挨个细看同城的朋友发出的微博，呵，有人去了植物园，雪压弯了梅花和冬樱，好一个踏雪寻梅处。

　　春城下雪，似是大事，一时成了口口相传的新闻，除开2008年，我只在2007年的春城见过沾了细细雪花的冬青，未及隔夜就融了。其后2010年，冬天我搬家到现在的房子，城中一间杂志来采访装修方面的稿，那个年轻的记者和摄影师端了我泡的热茶站在露台上，我们三人都没有说话，呆呆地看着天空细粒飘落，它们刚接触眼睫，就消失无踪。

　　雪总有使万物暂时静止的魔力，本来一体的世界，骤然间被一种温柔隔离。这天我照例坐在常坐的位置看书，一眼望过去便能看见玻璃外面絮絮而落的雪，有一会儿我大约望得出神了，忽而回头，已是掌灯时分，厨房里烟火未动，多多少少觉出点孤单。

　　那日吃了什么我不太记得了，最大的喜悦是将手伸出窗口去接雪花，袖子上真的落下了传说中的一朵朵六角形结晶。次日清早，披衣起身去露台，发现草叶上皆覆盖一两厘米厚的雪霜，平日里休闲坐的藤椅圆桌当然也白了，忘记收的洗衣液柔顺剂瓶子站在桌上，像两个不知所措的小人，好静啊，一切都被冻住了。

　　下午明知化雪会很冷，还是迫不及待地出门去。市中心的商场门口摆出了圣诞节的各种装饰，仿佛与雪一唱一和。透过层层严密紧裹，依稀可见人们脸上残留的兴奋和喜悦，下雪之于春城，正如一份善意的礼物，没有谁落空。我夹在人群间，去甜品店买了一盒麻薯，又到旁边的"英凤烧饵块"花两元钱要了张白米甜馅儿。

　　刚烤出来的饵块，捧在手中是滚烫的，咬一口芝麻花生的甜香直入心脾，昨日黄昏的冷清当即驱散了。路口有骑电瓶车载客的阿姨经过，问我要不要坐车，我笑着应她：冷呢，不坐，怕风。

夕阳里

接近黄昏了，版纳一间制作木雕的工厂门口，六十岁左右的老人拜托同行的导游为他拍照。导游接过相机，老人靠近大门处一尊雕刻的大象，屏气站直。导游喊"一二三，茄——子"，老人嘴角轻轻牵起，脚边一条黑影拉长了他原本矮而微胖的身形。导游拍了一张横的，再拍一张竖的，老人连连道谢，待到导游走远一点，才低头看相机里方才的留影。

我在另一角廊下看到这一幕，猜想那只小小的三星卡片机里一定存满了这样的照片。标志性建筑物前庄重的单人照，充满"到此一游"的形式感，却无端端显得神圣。这个独自旅行的老人，身穿深蓝色拉链运动衫，背着同色的双肩包，脚蹬一双白得发亮的运动鞋，一只玻璃壁变成褐色的茶水杯塞在背包一侧的兜里，和头上那顶白色鸭舌帽一样，它们从不离身。

这是从昆明到西双版纳的一次短途旅行，我去帮父亲所在的旅游公司考察服务上的一些事务。时值暑假，同车乘客大多携家带口，独行人只两个，除我之外，便是这位老人。

他来自哪里？没有同伴吗？住宿时和谁拼屋呢？我的视线没有离开这独行的老人。一路没见过他笑，一张脸退缩在帽檐落下的阴影里。我们同桌吃饭，进食时他帽子也不摘下，一举一动轻而从容，有礼有节，像日本电影里常见的那种寡言的节制的老人。

《致亲爱的你》里高仓健扮演了这样一个角色，妻子离世后，他收到妻子生前留下的信，并为了帮其完成抛撒骨灰的心愿，驾车踏上孤独的旅途。于是很自然地联想到，眼前的老人，脚步轻健，却有忧愁，也是失去老伴了吧，否则怎会独自出行。

大约七年前，我在做理疗时遇见一对老人，两人年轻时在不同的县城教书，直到退休才朝夕相伴。子女定居大城市，老奶奶中风后，女儿执意接二老去照顾，他们去住了半月，不习惯，坚持回乡。自此老爷爷担负起照顾妻子的重担，他买了辆老人三轮车，每天送妻子来针灸。位于二楼的医馆，需要上一段很陡的楼梯，老爷爷背着老奶奶慢慢爬，嘴里哼歌给自己鼓劲。泊在底楼树荫下的那辆车，被老爷爷铺了软软的坐垫，挂了一顶碎花小蚊帐，看起来温馨至极。

他们令我觉得衰老与病痛不是恐怖的事。那时老奶奶已经不能讲话，老爷爷很健谈，他讲他们年轻时的爱情，她含笑看他，不知还能不能懂。她的面容依稀可见当年的秀美。

有次来晚了，老爷爷向医生连连道歉，说今天喂饭时间久了些。我好奇问吃一顿饭需要多久，老爷爷斜了一眼奶奶说，今天有人发脾气,足足吃了三个半小时。那平常呢?他说,平常很乖,两小时就能吃完。说着拍拍奶奶放在膝盖上不能动弹的手。我看到那双手,略微变形起皱,但指甲整齐,皮肤柔和有光。可以想见他会给她按摩和擦护手霜,是一双不曾被放弃的手。

不久后我因有事耽搁接连半月没有去理疗,再去时,医生说,一周前老奶奶突发脑溢血,过世了。那是盛夏的某一天,窗外有一声接一声的蝉鸣,树荫落进医疗室,我躺在牵引床上,想着树荫下再没有那辆好看的三轮车,碎花蚊帐下再没有一个娟秀安静的老人,眼泪便不能停止地一直往头发里淌。

那个风趣的老爷爷,会在奶奶过世之后独自旅行吗?像我面前的老人,沉静地走在人群背后,眯起眼睛看风景。他是不是也会在某个风雪之夜钻进居酒屋里喝一壶暖过的清酒,像电影里的高仓健。夕阳真美,所到之处无不染成灿烂的颜色,我望着天空,天空正变成略深的蓝。

外婆的糍粑

四川人中秋是要吃糍粑的。做糍粑的糯米一定要好，这好，是平日里留心着，精挑细选得来。中秋前几日，择个秋高气爽响晴的日子，外婆将舂糍粑的石臼洗得发亮，泡过的糯米上旺火蒸到熟透，再挖出来放进石臼里用木棒反复舂到烂软。米饭经过多次挤压分散重新黏合，散发出使人满足的专属于粮食的质朴香味，外婆抬起棒子，从末端揪了一坨完全打融的糍粑，蘸了白砂糖芝麻粉黄豆面，第一个塞到我嘴里。

软糯香甜的糍粑呀，就像收割了全世界所有金色的麦子，所有的溪流都朝我欢快地奔涌过来。我快快吃完，眼睛仍盯着石臼，外婆再揪上一坨，我嚷着：多蘸点，多蘸点！炒熟的芝麻黄豆面特有的糊香充斥着整个口腔，加上米饭的清甜和砂糖的甘甜。哎，那滋味，用我们四川人的话来说，"简直不摆了"。

糍粑做起来费事，但凡拉开阵仗不免要舂上许多，外婆把舂好的糍粑刨出，分成大大小小的圆柱体，摔打定型，放在案板上凉透了，再拍上一层糯米粉,送给亲友邻里,放冰箱能保存很长一段时间。再要吃时,把它切出一块蒸上,或是在平底锅里用小火煎便成。父亲特别喜欢糍粑油煎过后外酥内软的口感,我却认为怎么都不及新鲜的好吃,如今在外,稍微像样的四川火锅店,都会有一道叫红糖糍粑的点心,于我而言太油腻,糍粑的口感也远不如记忆中那么韧,嚼起来软沓沓,密度很小,想来是糯米不好或者掺了大米的缘故。

关于糍粑的记忆同时关乎着外婆的小院,因为只有平房才好舂糍粑,不用担心吵扰到谁,在楼房里做这个是要被邻居抗议的。我童年时短暂快乐的四合院生活,现今想起来多么有趣,每天黄昏时竞相开放的紫茉莉,石头缝间茁壮丛生的狗尾巴草,人们从澡堂子里冲凉回来,空气里都是肥皂和水流的气味。除了舂糍粑,我们还自己用石磨磨豆浆、点豆花,外婆哼哧哼哧地推动着磨盘,我忠诚地守在一边给磨心添加了水的黄豆,乳白清香的汁液从石磨的四周渗了出来……哎,这些都是想要记录下来的东西。

随着外婆逐渐年迈,气力不足,陆续患上老人易得的各种疾病,我大概有十年没再吃过她舂的糍粑。市场里其实一年四季都有卖,花不多的钱就能切上一大块,不过从来也没想过要去尝试。倒是后来到成都生活,大街小巷里偶尔会遇见一个中年男人骑着单车载着只铝皮箱子,沿街吆喝着"红糖糍粑",抱着怀旧的心情买一碗试试。

只见他一手摇动手柄,糍粑从两个拇指大小的洞口吐出,挤牙膏似的,另一手用金属薄片有节奏地将糍粑切断,让它们落进长方形凹槽的黄豆面里，如此切上十次，再用网勺将二十粒糍粑翻滚打捞起来，装进小碗，淋上融化的红糖浆。这样的糍粑温热新鲜分量合宜，我很买账，见一次买一次，离开成都之后，很久不能忘却。

土月饼

　　昨日经过国贸路，一树一树的黄槐花不知何时已开繁了，树下有些工人忙碌，仔细一看是搭建卖月饼的棚子。每每临近中秋，昆明城区就会有很多这样的临时售卖点，摞着包装精致的礼盒装月饼，远远望去颜色十分热闹。

　　第一次吃到非常考究的月饼，是上世纪九十年代，小姨的朋友从广州寄来的。邮政递送慢，我记得是过了中秋节才收到，大家都说天这么热，只怕坏都坏了，可还是热烈地围着小姨，看她拆开那个包裹。

　　真是盛装登场啊，一只大铁盒子里五只小铁盒，小铁盒里又有印花塑料纸包裹，层层深入的精彩，勾走了我们几个小朋友全部的注意力。更精彩的是月饼里竟藏着一只金灿灿的咸蛋黄，油渗出来浸进莲蓉，咬一口，岂止没有变质，根本是满嘴惊艳。外婆感动地说，太好吃了！太好吃了！大人们相对矜持，一面称赞着，一面将余下的几个都切开。

　　物资不够丰富的年代，直径五六厘米的月饼，一大家子分食，实在难以满足,我们几个小孩子比赛着谁更眼疾手快挑得到蛋黄最大的,但纵然是最大也嫌不够大啊,类似的心情还有后来吃到火腿月饼,无论如何还是遗憾肉太少。那时候怎么会懂得,不完全是甜咸口味的区分,美味的真理恰恰就在于"不够"。

家乡没有出产很著名的月饼,却有一家口碑很好的手工作坊,每到中秋时节,便定做精制牛肉月饼。上等牛肉切成小丁后加香料炒成肉干,再加入糖、核桃、芝麻、香油等食材做成馅儿,填在饼子里压得薄薄的,厚度大约不到一厘米,倒是有小盘子那么大,用印了简单红字的吸油纸包起来,十个一袋。家庭作坊的月饼,由于个大料足,我还没见过谁能一次吃下一整个,我们家通常三刀破成六份,夜里看电视就着茶吃一块,唇齿留香,不油不腻,刚刚好。

这种饼子想要买到并不容易,因为那作坊主每年只肯做一定的数量,必须提前预订,大部分时候,名额都会被那些闻风赶来的单位采买人员给占了。幸好父亲的单位也在其列,每年一袋饼子的福利是少不了的,有一年还外加一箱玻璃瓶装的可口可乐,简直是从天而降的惊喜,从此我年年盼着中秋,却再没有发过可乐。

住到云南之后,出门就可买到大名鼎鼎的云腿月饼,不必中秋,只要想吃就有,因为得来容易,那吸引力竟彻底消失了。加上我们家素来没有过节的传统,特意去花园里摆设一桌子水果点心,一家人齐齐坐着喂蚊子,未免过于郑重其事。人们忙着布置月夜,岂知自己也成了月夜的景致之一?

听闻家乡的作坊还开着,父亲已托人预订了一袋"土月饼",许是过了尝鲜的年纪,吃来吃去还是以为故旧的味道好,他甚至又买了些年轻时爱喝的下关沱茶。那时我们总是用搪瓷缸子泡上一大杯,浓浓的,苦苦的。一口茶,一口饼,皓月自常在,有无花香则不那么重要了。

找白发

　　早知道母亲生了白发，真正扒开一看，还是吃惊。它们在烫过的栗色卷发里密密匍匐着，不是一层，也不是一些，而是很多很多。

　　母亲歪着脖子问，你爸说我白头发多，我不信，你看看呢？

　　我：……确实有点多。

　　实话残忍。

　　哦。母亲如此反应，没说其他，坐直身子呆呆地看电视。我说，很正常咯，你们这个年纪，你算长得迟。母亲没有说话。于是我知，这安慰也十分残忍。

　　年轻人的时间一厘米一厘米地过去，一旦跨过某个临界点，便如同影像快进般急速飞奔。近半年来母亲老得特别快，先是体力大不如前，熬夜玩牌后次日精神明显萎顿，拎菜上楼亦会气喘地休息半晌。进而记忆力大幅衰退。有天她看见我穿一条裙子，说，好好看，新买的吗？我说去年你给我买的啊。她茫然，一定要我具体指出是怎样的情形，哪家店里买的，她才能拼凑出很隐约的影子。哦。她迟迟疑疑地说，有点印象。

昨日热伤风发烧在家躺着，拜托母亲出门时带点药回来，傍晚门响，只见她两手空空进来了，我问起，她才张皇摊手道，啊，忘了。眼睛空洞无辜地圆瞪着，继而狠狠地责怪自己粗心，那副歉疚无措的模样，令人鼻酸。我赶紧说没关系哦，已经好些了，明天买也行。

对于母亲变老这一事实，我十分慌张，全然没有做好这样的准备，下意识地以为她不会老，始终年轻漂亮步履轻快，始终身强体健雷厉风行。去年我在附近超市买东西需要退换被脑袋不灵光的服务生拒绝，母亲出马两分钟搞定，HOLD住全场，在她的庇护下，我心安理得地羸弱着，回避了生活里绝大部分需要担当的实际内容。

母亲老了，我怎么办呢。这样的念头接踵而来，虽知生活会顺遂自然一日一日往下滚动，但心中真是惧怕，再想到若是他们生病，我连一点照顾的能力都没有，还没临阵，先已怯场，只好在惊慌中琐琐碎碎地做起了未雨绸缪的工作。

清晨准备早餐的同时，为母亲拿好一日分量的维生素，为父亲舀出一勺活血化瘀的三七粉。母亲近日嗓子干痛，掰碎了罗汉果和甘草泡上，父亲工作忙易上火，金银花杭白菊轮番伺候。不厌其烦地唠叨父亲抽烟太多，他们都受不了了，说我像个啰唆的老太太。我不管那许多，上前塞一把润喉糖到父亲放烟盒的衣兜，哪怕少抽一根也是好事。

过几天是他们三十周年结婚纪念，从未庆祝过纪念日的母亲，心心念念地惦记着这个日子。我知父亲一向大而化之，连忙私下动员，千万不要扫了母亲的兴才好。我们俩悄悄备好礼物——电影里常有的情节，我素来嗤之以鼻。将父亲写好的卡片郑重其事地放进盒子，用金色缎带亲手系上一朵蝴蝶结，我的心情有如仪式般紧张神圣，想来母亲会喜欢吧，不管她曾经是多不屑于形式的女人，当年华远去精力流逝，生命成为一间被搬空家具的老房子，她一定也渴望被呵护，渴望温暖，渴望一些世俗的安慰。

街头食物

对街头食物抱着复杂的感情，深知其味道和营养不会好到哪里去，却又按捺不住被热腾腾的即食的痛快所吸引，理性上虽然放弃了，感性却难免一再驻足。这种感觉，就像默默钟情过一个不那么体面的人，再次相逢，目不斜视地走过了，心中留下些微妙的动荡。

像我们这样潦草不堪而又生机勃勃的县城，再有教养人家出来的女孩子，恐怕没有谁没吃过街头食物，区别只在于有人手中招摇着两元钱的脆皮雪糕，有人则拼命吮吸五毛一支的八宝冰棍儿。阶级无处不在，尚且念小学的年纪，人就被零食档次暴露经济实力，所幸街头食物足够丰富，多多少少弥补了廉价带来的自卑。一毛钱的麻辣烫是偶尔的享受，五分钱的凉拌咸菜丝却每日都消费得起，与小伙伴一路爽歪歪地分食到家附近巷子口，朝着对方拼命哈气，用手扇风相互闻闻有没有气味，生怕被父母察觉又吃了不干净的东西。

不知道怎会那样馋，翻箱倒柜好容易寻出几毛硬币，立马兴冲冲送到学校门口的小吃摊，除此之外完全没有别的追求。经常怀疑幼年时被狠狠饿过，否则为什么同样是贪吃，我总能从自己的吃相里察觉出一丝穷凶极恶的气质。长大些，念了中学，偶然间在玻璃橱窗里看见过自己端着一碗油腻腻的小吃，满脸盲目不自知的样子，忽然被一种要命的孤独和羞耻感擒住，开始下意识抵制周围种类更加多样的小吃摊，以及小吃摊旁聚着的那些邋邋遢遢游手好闲的小青年，很怕成为其中一分子。

只是每当放学时分，走过那些热火朝天的个体小食堂，一盆盆冒着香气的炒菜，都忍不住遗憾自己为何不是住读生……至今我对快餐都有着难以名状的热爱。

县城里刚开出第一家像样的超市时，一种叫热狗的电炉子烤肠应运而生，每每经过，见其吱吱冒油，皮开肉绽，浓香扑鼻，心里很受诱惑，可是已经懂得女孩子当街吃肠，始终有点说不清道不明的尴尬，想着买回家吃，又必定失去其新鲜烫口的风味，不动声色地斟酌再三，还是放弃了。倒是上大学之后，食堂伙食不好，惯常只有两三个菜可选择，于是饭后买一根烤肠成了理直气壮的弥补，那时很少去想肉的内容有多么的深不可测。

前儿妹妹带上海男友回来见家长，夜饭后我们步行到老城区，十字路口人声鼎沸，砂锅米线、臭豆腐、炸菜、烧烤、麻辣烫、串串香、凉皮凉面，摊贩们忙碌着，夜色中腾起阵阵热雾，坐在矮凳上等食物的大多是些少年。想起来，我和我的好朋友们，也曾在晚自习过后的归家路上，搓着手，热切地等待过一碗牛肉小馄饨。妹夫眼球要掉出来，直呼太繁华,我说能比上海的城隍庙还繁华吗?当然是夸张了。或许时过境迁,当我能够坦然地站在街边吃这样的食物时,它们不复我记忆中的好滋味。那一晚,我们走了两条街,竟然没有寻到一碗怀念已久的红糖凉糕。

颓废理想

人生的乐趣在于对某件事情上瘾。我第一次喝醉是一岁多,刚学会走路,趁大人吃得兴起,从桌子腿下抱起没喝空的酒瓶子悄悄灌两口,待到被他们发现,已是满脸通红酣睡在床,众人大乐,多年之后仍引为笑谈。故乡本是产酒之地,祖辈父辈皆有几分酒量,如无意外,我应当能继承家族传统。记得很小时候起,父亲就拿我当小小酒友培养,虽未正式到斟酒对饮的程度,尝尝总免不了,逢年过节,才循例满上一杯。

入口甜,下肚辣,酒不大好吃,不知怎的一来二往竟吃出意兴,或许是那种晕眩的吸引力吧,到中学时,能喝二两白酒不出洋相。父亲逗我,等你再大些,咱们偶尔相对饮几盅。我很盼望这种平等。

除了喝酒,我家的传统还有浓茶,下关沱茶掰碎了泡在茶缸里,久久泡着,直到缸壁发黑,茶汤极苦,咕噜噜牛饮下肚。生来如此喝,没觉得有何不对,到了云南才知道,那么多年一直喝错了,茶叶要洗,要滤,茶汤酒红色最好,深了,就过了。我喝茶长大,夏日午后放学归来，最盼望那一盅凉好的茶水，要是哪天茶叶没了忘记买，真说不出来地抓心挠肺。他们打趣道，哟，丁点大个娃儿就有茶瘾了嘛。我不承认。

"瘾"有病字旁，不大光彩，与"瘾"相近还有"癖"和"痴"，都是病。回忆我的青少年时代，没有追过明星，没有收集过卡带，没有在放学后因为跳绳而逗留到黄昏，在下意识的克制中，成长为不打游戏不看电视剧不痴迷于任何娱乐活动的个性，好不寡淡。魏晋名士喜醉喜清谈喜吃药，我家乡人虽无名士风度，亦酷爱喝酒与麻将，常豪言立志不醉死就赌死，如此放浪形骸，我想也不敢想。至多于颓废边缘小心游走，偶尔独自上酒馆喝一杯便是日常生活的最大出格。细细想来，并非一定要去做什么，是那种出离规矩之外的散漫，将自己随意搁置于某一空间放任自流的错觉，特别有吸引力。

散漫随心的日子很短。我病重后需要卧床静养，需要隔绝一切辛辣刺激，却陡然爱上垃圾食品和碳酸饮料，时不时发病一样渴盼着能过上冰箱里有酒和冰淇淋、蛋糕和薯片，凌晨两点出门吃火锅，顶着满头的烟味儿踩过城市大街等天亮的颓废日子。所谓心瘾，正是于万千字中独独看见了那个"烟"，那个"酒"，那个"巧克力"，它不在你的可控范围，但牢牢黏滞着你的灵魂，如影随形。

问世间什么东西最美味？女人答：卡路里是也。"瘾"不尽然是病态的痴迷，更多作为素日流年中一点可以把玩的贪恋，在控制与被控制之间进退游移,风险肯定有,乐趣自不多言。我有时实在耐不住口舌之欲,吃重油重辣,嘴上痛快了,最后闹到进医院打吊针缓解胃痛。所谓不作不会死,怎么办呢,不开心,要吃啊。挂着点滴,默默祈祷,给我健康的身体吧,让我去过不健康的生活。癫。

世间有味

淘宝上有个蛮有意思的香水店,叫"气味图书馆",除了我们耳熟能详的那些花香果香调调之外,它的类目还包括"竹子""眼泪""洗衣间""干草牧场""线装书""雪"甚至"梦境"等等。很美对不对,我曾经兴致勃勃地买过十几只试管香水,逐一检验它们是否是我记忆中或想象中的气味,结果可想而知,气息只要关乎记忆,就成为永不可复制的独一无二,但这并不影响我把玩它们时心里的平静愉悦。

我是个迷恋气味的人,经常会因此显得有些神经质。譬如在形容一段生活的时候,出现这样的句型:"散发着奶腥、尿骚、口水刺鼻气味,以及淡淡的甜。幼稚园。""混杂了烧烤、灰尘、树木、造纸厂排污,以及被搁置在过道上的鞋子的臭,公共厕所的熏。×市的夜晚。"有时径直简化为"1996年夏天,某城的气味","老房子的气味","垂死之人的气味"……

可以这么说,气味构成了我感觉最重要的部分,就像查字典时候的拼音索引法,它往往能够直接指出相应的人生页码。因为触及的尽是生活的细枝末节，气味带来的记忆呈现出碎片状，然而它真实精确，总是在时隔多年之后，毫无偏差地将人引回某条岁月的深巷，直指某一块斑驳结了白霜的墙砖。气味最有魅力之处还在于，它不像文字和影像，最大程度从理性层面还原事物的场景，存档即获得。气味如此抽象，又来去匆匆，以至于你永远不能把握它，收藏它，只能等待某时某刻它突如其来地捉住你。

爱情小说里写："我们记得一个人，不是记得他的样子，也不是他的声音，而是他的气味。"于是想见，这被描写的对象是缠绵的。男人脖颈之间皮肤的气息，棉质衬衫沾染了汗液，又有上下班途中被车流人群拥挤氤氲的汽油、香水、新鲜蔬菜、咖啡、面包、机油的混杂，加之午夜洗完澡，沐浴露，宽大T恤与冰冻啤酒的清爽。看到这样的文字，我会接收到书写者想要传达的东西，画面随之显现，如普鲁斯特所言，气味以它不可思议的微弱和渺小，为我们撑起了一个恢弘的世界。

喜欢田野上烧麦秆的气味，喜欢日落时分从农家土灶里飘出来的柴火与炊烟，喜欢暴风雨之前竹林的味道，还有牛粪猪粪在田埂边上慢慢变干。属于城市的，是温暖的糕点房，浓郁的咖啡店，快餐店里炸鸡的油香，冬天有人推着推车卖烤红薯，那气味几乎可以拯救全世界在寒风里瑟瑟发抖的人。还有给我安全感的医院的消毒水气味，无论何时再闻到，都将我一次次带回蓝色床单和条纹病号服的夏天。

气味并不常常来访，大多数时候我们生活得混沌无知，在这混沌中间，身体某处一定有什么单位在专门负责网罗新的气息，身在其中不易察觉，等到时光消逝，它们通通混合发酵转化成记忆，便由此懂得了那句诗，只是当时已惘然。

昨日从窗口经过，闻到一阵来自2000年的故乡县城某个网吧的气味。敲打得看不见字迹的键盘和主机散热发出干燥气息，刚拖过的地板蒸腾着湿漉漉的水汽，少年身上淡淡的烟草味道缭绕，以及窗外的民居楼上传来的翻炒回锅肉的食物的香。

闭上眼睛深深呼吸，试图循着气味丝丝缕缕的路径，将脑海中突然闯入的画面构建得更为清晰具体，然而意念力终究不够强大，又或是凭据的稀缺，只能拼凑出大致轮廓。很快这轮廓就随着气味的消失而淡去。我像看了一场小电影，沉浸其中不能回神。

桐和纸

　　桐和纸是家乡的手工造纸，比马粪纸薄，比卫生纸透，我根据老人们的读音音译成这三个字，落实于字面，为的是不致太快忘却，事实上我已经有十数年没有见过桐和纸。

　　幼年生活过的山上有成片成片的竹林，林中有造纸的作坊。虽称作坊，不过是间一面墙三面空的亭子，靠墙那边烧着个不懂是什么材质的大锅，常年煮着竹子。我记忆中隐约留有这样的画面，亭后的绿池塘，亭前的灰石臼，竹叶落下来在地上散乱铺了一层又一层，走上去没有声音。造纸的是个中年汉子，他赤裸黝黑的上身，将泡过的竹子捞出来煮透，再放入石臼里大力舂，植物的清香和石灰的刺激驳杂，一切在沉默里发生、行进，似乎不会结束。

　　我大概偶然去看过造纸，浆子沥来沥去就变出一张纸的魔术从此盘踞在脑海深处，经过时间发酵更添传奇色彩，不自禁地想象成与武侠小说里高人避世隐居类似的场景。那竹林沙沙，清风徐徐，不远处吃草的马儿，林中空无一人的萧瑟，是真的还是想象力作祟，其实不得而知。但我记得竹帘在水中摇晃的美妙，沥匀的纸浆倒在一处，被大石压干后再层层掀起烘烤，两种气味在温度中慢慢融合成近乎粮食熟透的芬芳，淡黄、半透明、有纤维纹路的桐和纸也随之成型。

我们乡里人从来都是用桐和纸，质地挺括但触感细腻，揉在手里嚓嚓有声，对折一下便是很好的扇风工具。后来回到城市，听人说那种灰白发皱的卫生纸是用擦过的脏纸回收再造的，反正很不习惯，有点割屁股，而且因为再造的说法，用着总是十分忐忑。直到山里有亲戚来探望，用扁担挑着两捆扎得实实在在的桐和纸，我们欢欢喜喜地收下了。想想桐和纸真是便宜，那样两大捆才十元，一家人能用足半年，我的奶奶直到2002年过世，一生都执着地用家乡手造的桐和纸。

如今想来，那时我所见的老乡造纸是沿用古法，费时费力，又不能挣钱，自然而然湮灭了。后来我在丽江看到东巴纸，非常激动，站在店里挪不开步子，那纹理和记忆中的桐和纸遥相呼应，猛地叩醒了沉睡的幼年时光，重新流转，亦真亦幻。东巴纸的价格数百倍于当年的桐和纸，我最终没有买。网上也有一些诸如九口山之类致力于纸张的设计作品。很日常的东西，慢慢变成一项昂贵的艺术，这种精益求精的过程，我认为是件悲哀的事，就像蝴蝶变成了标本，尽管美丽，却意味了一种死亡。

家乡的面

认识我的人都听我絮叨过家乡的面条,在我眼里,那是最具备诚意的食物。且不说大名鼎鼎的燃面佐料要经由多少道工序才能完成,单看那小面馆里一字排开的汤锅——腰身刷得锃亮,唯接触火苗的锅屁股,因为烧灼的年深日久,显出颇有深意的乌黑。灶台上排列的十几二十个调味罐,葱花,酱油,醋,辣子,香油,蒜末,碗碟里盛放着做干拌面的各种食材如生椒牛肉,辣子鸡丁,红烧鳝段,豆角肉末,肉末又分牛肉末,猪肉末……如此排场,这面非同一般。

揭开汤锅,每口锅里是不一样的汤,这是店家从清晨 4 点多就开始小火慢煨的重要角色:酸萝卜肉片汤,竹荪炖鸡汤,牛肉汤,排骨汤,子姜鸭汤,肥肠汤,三鲜口蘑汤,等等,发白的汤头咕噜咕噜地沸腾,面馆的小姑娘经过时见了,顺手将它往边上移一点,躬身将火门盖上,只留个小小的通气的窟窿眼儿。煨着就好,不必大开,否则就干了。

老家吃面,吃的就是这口汤。

在外多年,见过的面馆总是大骨汤打底。顾名思义,大骨汤就是一根大骨一大锅汤，用清汤寡水形容也不过分。舀一勺汤在碗里，然后将面煮熟后捞进去，问你要什么"冒子"，也就是浇头。要牛肉，老板便从炒制好的牛肉丁里舀几粒盖上去，要排骨就是舀几块排骨，要肉末最简单，半勺子猪肉就搞定。料与汤分离，汤与菜无关，像新婚之夜才见面的夫妻俩，纵然是被拽进了一个碗里，怎么也吃不够味。

家乡的面，排骨就是排骨汤，炖鸡就是炖鸡汤。面入了碗才浇汤，当着客人的面浇。原汤出原料，浮着薄油的好汤，从汤汁里捞起来的小块状的被炖到软烂的食材，被数量不多的面烘托着，再撒上葱花，立即有了卖相。在家乡人的诚意炮制下，声名远播的干拌燃面更是经历了最初最简单的素燃（没肉末）、荤燃（有肉末），到肉末有了各种花样，如辣子鸡丁，生椒牛肉粒，红烧鳝鱼，豆角肉末，甚至鱼香茄子，等等。

近年来随着物价的疯涨，家乡的面也贵了，从前因其分量少品种多，可以尽情点几样来吃吃，现在同样的钱只够一份，生意最好的面馆，五元一两，据说还有六元的。真真就是一两，半点多余都没有。

可是生意照常很好，我回去也照常每天早上点二两，一两燃面，一两汤面，假使吃不完，就各吃一半。想起有次和朋友在微博里争论是北方打卤面好吃，还是南方汤面好吃，她说汤面应该闻到面香，而不要是看过去就是油腻的感觉。我无奈地停止了争论，没到过此地，怎么会知道这面的好呢。北方的面够劲，够实，但总觉得欠了许多，尤其当一个大碗装得满满的白煮面条放你面前的时候，食欲先就被那种阵势给吓回去了。

多多的佐料,少少的主食,吃的就是那点讲究。

那天看一部电影里的台词说,炖汤就像爱情,要时间越久才越好。的确,离开家乡之后,家乡的面成为我和我的朋友们心中所难以释怀的一段爱情,有了曾经沧海难为水的意思。我想不那么对称地再续一句,煮面就像生命,多少是其次,细节丰富滋味足才是最重要的。

豆汤饭

有天我忽然很想吃豆汤饭，材料都是现成的，懒得百度，凭着自己的想法做了。用大骨汤把黄豌豆煲到烂软，盛出部分和中午剩的冷饭同煮，最后烫几根豌豆尖进去撇油。一碗吃下来，浑身汗涔涔，酣畅淋漓。味道和馆子里不差几分，不足的是黄豌豆的皮浮了一层，没能想出很妥当的去皮的法子，不太美观。

成都有许多可以吃豆汤饭的馆子，兼卖小蒸笼和凉菜卤菜，蒸笼里通常是粉蒸排骨、粉蒸牛肉、粉蒸肥肠几样，而凉菜卤菜的品种则很多。按说豆汤饭是冬天的好伴侣，但我记起的总是夏天傍晚，下班后回到租屋楼下的小街店铺里，独自叫上一份素豆汤，再要个小蒸笼、一份凉拌三丝的落寞惬意。

独自吃饭的人很多，在成都，这不是一件困难的事，小桌前细嚼慢咽，陌生人拼桌默不作声地各吃各，这些情形都常见。食物的丰富与人的孤独成对比，慢吞吞地吃完了，虽没吃酒，人却仿佛有醉意，结好账一脚踏出店门，不偏不倚地踩进黄昏最后一抹霞光，小街被扯得瘦长，满街倾斜纤细的人影，像蒙克的画作，一路往夕阳延伸过去，吃饱的人免不得摇晃两下，眯着眼睛望了远处，不经意地发会儿呆。

昆明的汤饭，我看见是在西餐厅里，真是不伦不类。好奇地点过一次，饭米沉在汤下，拉拉杂杂一大碗，色相俱是狼狈，潲水似的，勉强吃两口就打住。倘若曾经有过美好体验，一定不要试图去再现它，多半是要失望的。所谓时过境迁。在昆明，我不再朝九晚五地上班，亦很少独自下馆子，似乎再没有那种晃晃悠悠的年轻寂寞的好心情。

《舌尖上的中国》第二季开播那天，我老老实实地等在电视机面前，和第一季一样，相比拍摄下来的那些食材和菜肴，我更爱看穿插其中的人和景，世俗烟火，无言而饱满，尽管呈现于影像往往是一种刻意的追寻，但最近几年，我的确很容易感动，哪怕只为了平常食物流水日子。有许多次，就是在厨房里，静静地做饭，心中有了沧桑，眼里有了泪意。

想起喜欢的食物，不再大街小巷地找，而是一遍遍做，直到满意为止。这个过程本身便使人醉心。尤其在经历遗忘和被遗忘、放逐和被放逐之后，摊开双手，让最后一些沙粒滑落，能捧住的只有食物。它掺杂了记忆，滋味复杂，简简单单的一碗豆汤饭，也成了怀旧的仪式。

萝卜的事

仿佛没有小孩子不讨厌吃胡萝卜,就像没有小孩子不喜欢吃土豆,至少在我观察是这样的。不知是不是和阅历有关,人的口味喜好在幼年往往单调,越长大接受力越强,譬如苦瓜、洋葱、蒜薹等味道较为刺激的蔬菜,我十几岁以后才慢慢肯吃。至于对胡萝卜的拒绝,在前二十年里几乎没有妥协过,可能是从小被灌输"胡萝卜有营养",于是很有几分逆反心。

故乡有歌谣唱:"胡萝卜,蜜蜜甜,看着看着快过年,过年真好耍,调羹舀汤汤,筷子拈嘎嘎(肉)。"将胡萝卜说得极好,我不满意。它甜是事实,甜得奇怪也是事实,尤其黄心的那种,凭空带了点药味儿,将同烹在一起的肉也连累了。若是单炒蒜苗,吃下去又瘠肠寡肚,空口吃不好,下饭更不好,十足一道尴尬菜。

出于对胡萝卜的嫌弃,我一并将白萝卜、花萝卜打入冷宫,总觉得白萝卜闻着有股子涩味,花萝卜微苦,都不能讨我欢心。小时候爸妈喜欢拿白萝卜同五花肉同煮,拍两片姜,扔几颗花椒,肉煮到八九分熟后捞出来过冷水，切成薄片，蘸蒜泥辣椒酱吃，剩下的萝卜肉汤撒一把葱花端上来，他们好说歹说我才肯夹两片，也是眼睛一闭吞下去，视死如归的样子。

客观地说，白萝卜若是脆甜化渣，煮肉汤是很好的。但它更与牛羊肉相宜，煮五花肉还是黄瓜或冬瓜滋味更妙。记得念大学之后，学校伙食单调，难得一道萝卜炖牛肉，还没走到打菜的窗口就已经远远闻见香味，迫不及待来上一份，大锅菜，软烂有余，非常入味，对当时的我来说可谓饕餮，禁不住比平日多要了半两米饭。贫乏的大学生活替我和白萝卜之间的僵局解了围。

独自在外上班的那两年，有时买了排骨玉米山药在租屋里炖，不忘切半条白萝卜，满室汤香，似有家的味道，让人心念柔软。也有的时候，天气变冷，三两个朋友约了去吃萝卜炖羊肉，胡辣椒面加一勺汤做蘸料，先吃萝卜再吃肉，等到汤头发白，再舀两勺到空碗里，佐一点切碎的芫荽，喝下去从里到外都暖了，虽未喝酒，却有酣意。

白萝卜有一样做法最深得我心，即切丝凉拌。一定要用现焙的糊辣椒碾碎了，加蒜泥、酱油、醋、香油、少许糖。若是怕涩，可以先用薄盐将萝卜丝拌匀码一小会儿，挤出多余水分，若是追求色相，直接生拌也无妨。拌好后芫荽总是要加几根，芫荽这东西若有天命，想来就是为了白萝卜牛羊肉而生的。

至于胡萝卜，每年新鲜上市之时总要迫自己吃两次，仍旧喜欢不起来。就像所有号称营养却不对胃口的东西，走个过场罢了。倒是前些天热,天天白粥就咸菜,突然想起小时候外婆将胡萝卜扔到泡菜罐子里,直至熟透捞起来下饭,咸辣的泡菜水中和了胡萝卜的甜味,口感出乎意料地有层次,着实好生怀念了一番。我对母亲说,不如哪天买点胡萝卜泡来吃。她说不行咯,现在的胡萝卜就一个硬,既不脆,更不化渣,泡着吃不成。

所以说人生常是矛盾,就这么一个小菜,它青春甜美原汁原味时我不懂得吃,现在想吃了,却只剩些大棚里肥料催生的劣等产物。风华越不在,越难以释怀。也罢,也罢。

五楼阳台

老屋易了新主,我每年回家还是会去那附近的公路张望。离开那年,无法带走的东西太多,顾不上的十来盆花,有美人蕉,金边兰,金橘等,其中长得最好也最难收拾的,是一盆浑身锐刺、终年开着小红花的家伙,我年少时不懂它叫什么,胡乱给起过一些名字,后来查了书才知学名虎刺梅,又叫基督刺或麒麟花,总的说来,都是极易养活的品种。

少年爱花是假,泰半因为它是最唾手可得的玩物,阳台上的那些盆栽经常被我捣得七零八落,忽儿摘几片叶子碾碎,在过家家时给小伙伴"敷药疗伤",忽儿想当然地把随便哪种花掐下来染指甲。虎刺梅可供发挥的余地很大,掰一把小刺放进衣兜,披散的头发里插几朵小红花,断刺处涌出的黏稠神秘的白浆用小瓶装了记得藏好,此乃见血封喉的毒物——配以狰狞放肆的假笑,活脱脱一副蛇蝎女魔头扮相。

那时我家住在五楼,有奢侈的十米长的阳台,养花之余,可以晒花生、晾萝卜干,夏夜暑热难消,父母打水一遍一遍冲洗纳凉,暴晒整日的水泥地就成了温热的河床，跟在母亲后面踢踢踏踏，水流漫过脚背的微妙感至今留存。夏夜里，也是植物气味最为浓郁的时候，平日疏于看顾的花们此时如获甘霖，竞相勃发出野蛮的腥香，我很爱那种味道。

虎刺梅的长势迅疾得让人为难，我们不懂剪枝和造型，只好任其疯狂舒展，唯一可做的，是每隔一段时间将它的位置挪动挪动，避免枝条较多的一面朝外，失衡跌下楼恐怕要砸死人。但重新朝外的那面因为晒了太阳自然长得更快，如此，终于发展到无法处置。

房子卖掉后，我不时想起来，仍担心这花为祸。站在熟悉的T字路口分岔道上斜望去，它们还保留在那里，一年一年，虎刺梅没有长大，而是慢慢萧条枯瘦了，连同其他别的花。我产生过这样的妄想，是不是它们忠心于我，在离别时按停了生命的钟摆，更大的可能是它们遇上了更不靠谱的主人，加之附近环境变坏灰尘太多，只能别无选择地颓败。

一直想踏上那即将坍圮的楼道去找寻曾经生活过的痕迹，拍几张有历史感觉的照片留作纪念，吹开扶手表面的灰尘，想必还看得见我童年时刻下的稚拙的字。可是今年早春，待我再次靠近那段不知走过多少次的小公路，遥见五楼阳台上灰暗荒凉，空无一物，听说老屋二度易主，那些花想是被人丢弃了。举起相机胡乱拍了几张，仓皇离去，后来发现拍下来的画面无一不是倾斜失焦，至于虎刺梅，都说它常见，但我终究没有再见过。

住在理想的隔壁

昨天中午外出归家，本已走过假日湾大门，又退回去，决定取道而行，去看看花开得怎样，顺便避避当头烈日。假日湾是我家对面的居民小区，因为环境优美，过去一直被我当作散步的花园。去年年底，由于周边一带治安整治，无房卡不能进出假日湾，我被门卫拦过一次，失了面子，心里也气恼，于是很久不再去。

这次铁门仍森严地扣着，试着推推开不了，正欲放弃，却听见咔嗒轻响，一个大叔从门卫室窗口探出头来。我笑着道了谢，从从容容走进去，仿佛真是这里的住户似的，因得逞而庆幸。

才走十余步，便被大片熊熊燃烧的三角梅惊了一下。右边这幢退台小高层的底楼该是住着一个很会料理花草的人，花不仅开得灿烂，且管理得好，屋前草坪上的酢浆草开了红的黄的小花，靠墙的三角梅枝条从墙头搭出来，枝枝蔓蔓地牵附到铁门框架上，金色的阳光泼洒在红艳艳的花丛里，饱和度与曝光度高得让人无法直视。眼睛分明被刺痛，却不舍地一看再看。我这人傻气，即便已在云南生活了好些年，即便深知三角梅见光疯长的脾性,还是忍不住感慨并佩服,对于那种轰轰烈烈的势头,每每欢喜得不知如何才好。

看罢三角梅,皮肤晒得吱吱冒烟,转身往一处阴凉的石头小径走去。穿过两侧被竹环抱的弯道,又只十余步,哇——好高两棵蓝花楹,不声不响地挂了满满一树蓝紫色的梦境,狭细弯曲的小道上落了好多花瓣。是我记忆力不太好吗?怎么不记得这园子里有蓝花楹。我绕着那树前前后后地走,仰望,叹息,捡起低矮冬青上零落的花瓣仔细看看,再放回原处,然后拿出手机不停按下快门。说不出来的感动,要不是身边有人,简直要落下泪来。

徘徊逗留好一会儿,不舍地离开蓝花楹往前走,前面是独栋的别墅区域,暗油绿色的拱形铁门,红花绕着又是一面墙,门前高高矮矮各种植物,有扶桑、蜀葵、令箭荷花……还有很多叫不出名字,优美程度和网上那些欧洲小镇的图片几乎一样。墙里安安静静的,好像主人都不在家,其中一幢屋的围墙用柱子隔出,因而能够看见门厅入口处的阴影里懒洋洋地趴着一只白色大狗。我们经过的声音惊动了它,它立起身来,慢慢往前踱了几步。

小区虽小,五脏俱全,有竹,有花,有树,有鸟雀喳喳和流水淙淙。尽管与外面的美食街只是一楼之隔,一旦跨进来,却是穿越时光、隔世般的清幽。我和父母向来属意此处的居住环境,每逛一次,就要被点燃换房的念头。刚搬到附近那年,此处房源还多,可惜价格承受不起,只好退而求其次。最近几年经济情况松动,问了中介,合意的房子却没有了。我散步时,心情好似寻宝,希望能发现一处有花园的底楼空屋,有时想远了,甚至能看到自己坐在摇椅里一会儿看书一会儿看花的惬意模样。对房子和家有无限热情,我想这是女人的天性。

  小径走到尽头是一片浅浅的池塘,站在石板桥上看了会儿鱼,一朵莲花远远睡在水中央,塘边有嶙峋怪石,一些尺余高的蕨类植物站立在石头与石头间的罅隙暗处。阵阵凉风从路的那头吹来,竹叶沙沙响,我打算去长椅上坐坐,发个白日梦再回家。

不打烊的安慰

对所有走在路上无规律作息的人来说，24小时店是一个温暖的去处。

接到家里的电话是在三天前的傍晚，爷爷过世。漏夜赶回的路程中需要在凌晨时于某城市和父母碰头，我问朋友彼地有没有通宵营业的店，她说KFC现在不打烊。心里略微安稳，赶路的人往往更多关心的是，是否有一处屋檐给予暂时休憩的空间。

夜半2点抵达，服务生睡眼惺忪地为我做咖啡，没有多余的客人，和留在我记忆里的印象一样，这里的人们更习惯在路边的大排档结伴吃喝，伴着醉意在街头挥手告别，他们不太光顾舶来的西式快餐，于是很显然，这个冷清的24小时KFC更多收纳一些单独的不眠的客人。

选了靠窗的位置，方便看着开车过来的父母，把书拿出来读一会儿，是非常倦了。

想起刚刚拼车的女孩，一路上打听有没有通宵营业的便利店可以买到手机充值卡，以及某次林大雪写在博客上说半夜饿了穿着睡衣去便利店买吃食的事情，便觉得亲切。我们都是不睡觉的人，24小时店是游荡时的根据地，有热食，灯光，以及表情懒洋洋的服务生，像家一样，不拒绝你的任何一次不礼貌到访。

等到快一个小时的时候，方才开车的司机发信息过来说，妹妹你还在等吗？要注意安全哟……我真想留下来陪你等，却找不到什么理由。我回过去一个谢谢，这里很好。在这样人迹散尽的凌晨，一杯咖啡买来的位置远远要比一个陌生人意义莫测的陪伴所带来的安全感贴实得多，我更爱屁股下面硬邦邦的快餐板凳。

在C城我现在的住所楼下没有通宵店，要往南走200米左右才能见到一家WOWO，需要过红绿灯的距离使我觉得非常不亲切。但它是C城最常见的24小时店，遍布各大小住宅区和商业区。而相比之下，我却更喜欢这里没有的7-11。大概是因为在后者尝到过很赞的豆浆以及人生第一杯滋味甜美的哈根达斯，至今念念不忘。

夜半是一段微妙的时间，脆弱、矫情、厌倦、绝望……各种情绪会在黑暗中浑水摸鱼地扑面而来，尤其当你在途中，前方所奔赴的是不能计算的遥远，那些不怀好意的念头有可能随时熄灭你继续往前走的勇气，让你陷在莫名的恐惧和疲乏里。我曾经被它们一一击中，也有过难以为继的想法，就像饥肠辘辘的人再也不想多走一步的软弱。

可是只要路边还亮着一盏暖黄的灯光，我便毫无例外地走进去，对那些外衣闪闪发光的食物煞有介事地巡视一圈，再啃着一根热腾腾的煮玉米走出来。夜空依然深黑，前路还是不可测，但我浑身好像已经又蓄满了力量。跟自己说,打起精神往下走吧,跋涉当然会累,但不远处,还有另外一盏灯,另外一根煮玉米。

人生行旅不过如此。吃吃喝喝,偶尔有光,不寂寞。

在水一方

  夜里总是下雨,撒豆般噼里啪啦砸在雨棚上,惊醒了就很难再入睡。在黑暗中听着雨声慢慢等待天亮,附近郊野人家的公鸡一只接着一只打鸣,那声音穿过雨幕蜿蜒而至,人像是躺在荒山中,有一种说不出的遥远。

  蜀地的清晨,天明时依旧晦暗,雨停了,从窗口望出去,远近一切皆沉落于影影绰绰。不知是不是在江边的缘故,如果没有太阳,那么整整一日的这雾都不会消散,是这样的雾,常使记忆中许多画面都显得不甚确切,似真还似梦。

  我疑心自己是否真的攀登过旧时河岸的堤坝,也疑心那浮荡浮荡将要没过船舷的水纹其实是想象力的杰作。失忆难道不该是到老才发生的事情吗?然而在不经意间闯入脑海又难以捕捉的那些片段,让我察觉人的身后真的有只橡皮擦,每走一段,就会被擦除一段。

  闭上眼睛去搜寻,必先经过堪称漫长的茫然无着,人往前行,往昔却自顾后退,你越寻找,它越躲藏,等到你泄气准备调头,它又突地惊鸿一瞥。我便是如此在茫茫荒原中瞥见了那雾气中铁灰色的码头。

长江边上的小城大多有同样的景致，堤上排列着年代久远的如今看来不无哥特气质的破旧房屋，从河边走上去必经陡峭的石阶，石阶一侧的崖壁上有人挖了洞做屋子，为了节约电，鬼一样苍老清瘦的老人成天呆坐在门槛上，像一尊正在风化的石雕。我总是尽可能不靠近那屋子和人，宁可走台阶更高的另一边，走到半途停下来休息，回身望见渡轮正在横渡江面，岸边泊着等待出发的客船。

在此岸与彼岸之间有一座冲积而成的小岛，有艘小过河船连接，农人挑着菜从岛上而来，卖了菜，再收粪回去浇灌。狭窄的船舱，桶里满满的粪水惊心动魄地晃荡，头裹白毛巾的老乡慢悠悠地掏出一根卷好的叶子烟点上，哗啦——船夫用力撑杆，河水一浪一浪几乎要吞没船只。

我小时候很喜欢坐船，乘着车子上渡轮的体验很奇妙，尤其喜欢下车凭栏独吹溯江而上的大风，两岸青山挟流水，实在是美的，可惜只有在假期里乘车去别的城市时才有那样的机会。去河心岛的船乘坐一次需要五毛钱，少时的我不常有那样的零花，于是春末夏初的时候，也会和小伙伴挑了最浅的一段赤脚蹚过去。河心岛上农人种了大片田地，响晴的日子里，油菜花还有些没谢完。

因为慢，也因为陆上交通的发展，长江边上的客船渐渐歇业，在搁浅中爬满锈迹。枯水季节，河岸上成了精明的生意人开茶馆和露天卡拉OK的好地方，初春晴朗的日子里，河滩上满满都是年轻人留下的笑声和垃圾。又过了些年，有人将旧船买下装修一番，就地搞起鱼馆子，一时非常火爆。唯有渡轮还在默默工作，那时我所住的地方离长江不远，偶有一两声汽笛苍苍茫茫传来，我抬头四顾，像听到了谁的召唤。

这几年长江大桥终于修起来，却不知道渡轮还在不在，因我很少再去江边，方便了，却更远了。记忆中那些物事，注定是脚步永远无法抵达之场所，唯有借文字一次次重返。

给自己的歌

篮球场上没有熟悉的身影,那年最重要的事除了高考本应无他。料峭春寒里,一个消息像跑错教室的身影,打乱了我们压抑死寂的复习氛围。总觉得周围有什么在传递、在蠢动、在势不可当地破土,凑近一听才知道,Beyond将于当年8月在北京开唱,演唱会名字叫"Beyond 超越 Beyond",多么激动人心。

我们未见得都是乐队歌迷,却无一例外是高墙内踮脚张望的小城少年。那一年,服装连锁店刚在县城落地生根,只打折不讲价的"牌子货"猛地窜入视野,美特斯邦威五个字所代表的价值远远不止衣服本身,更包括可望不可即的广阔世界。渴望做梦,并突然有梦可做,有人建议,8月去北京看演唱会吧,顺便来一场难忘的毕业旅行!

这几个几乎连省都没有出过的少年啊,郑重其事地开始筹谋。开小会,讨论怎么去,去哪些景,当然,最主要的议题是钱从哪里来。我说不清那是一种怎样的氛围,一群衣着灰扑扑头发灰扑扑的少年,坐在简陋的房子里,背景音乐是"时光总飞逝未能停留 / 容许多给你爱／以歌声感激知心好友／我愿为你高歌"，我们长时间热烈讨论着，眼睛里闪动光芒，像越堆越高越烧越旺的火焰，然后倏然，火焰暗下，声音静了，每个人面色酡红状若微醺，是垂死病人才有的幸福恍惚的表情，因为我们或多或少知道，这梦不能实现，只是梦而已。

　　因为连续预报大雨，接到通知提前结束军训。脱下臭不可当的作训服，洗净汗垢，人轻飘得可以飞起来。是大一初始的某个黄昏，我们顶着湿漉漉的散发了清洁香味的短发，穿着花花绿绿的衣裳去食堂打饭，我绑了个别扭的腰包，只为放下那只并不便携的国产便携CD机。我想自己的样子一定很傻，即便与人说着话，一边耳朵仍旧听着陈奕迅那张《黑白灰》，直到那旋律淡成了一抹背景色。许久许久之后，再听到《我们都寂寞》，听到《十年》，思绪会骤然被带回那个雨过天晴的难得湛蓝的成都傍晚，关于未知的生活，我们也曾有过诸多轻松美好的想象。

　　又一年，北京。我穿着条纹病号服，靠着墙壁，在小桌板上用笔记本电脑一遍一遍地放小娟吟唱的《天空之城》，午睡时分，姑娘们歪在各自的病床上，或垂眼沉思，或恬静入睡。空调送着风，轻轻撩动蓝色的窗帘，外面是炼钢般的高温，阳光凝在玻璃上，一丝挪动的征兆都没有。

　　很多故事我们忘了，但歌里记着，时过境迁后狭路相逢，撞了一脸了无痕迹的泪，撞出整个下午久久的缄默。过去，歌为岁月做陪衬，不知不觉，歌成了岁月的主题，谁又能说往事并不如烟呢？我们终究如预期所知，兑现了生命中必然遭逢的失望，没有任何人去听过那年的演唱会。次年盛夏某一天，还是那几个人，围在同样简陋的房子里，目不转睛地盯着电视屏幕看了VCD版本，没有人说话，我们眼含热泪，默默地沸腾，再默默地寂灭。

Part 3

不爱说话的人，请认真生活

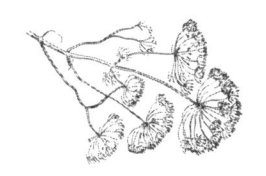

没有什么东西能够比食物更能拯救人的情绪,尤其在凛冽湿冷的寒冬,一碗冒着热气的红油抄手,足以对抗许多陡然而生来路不明的绝望。

外婆家的糖罐子

外婆住在北边，我家住在东边，每次打完针从诊所出来站在十字路口，妈问我要往哪边走，我的手指永远指向北。

生了病，去外婆家便是莫大的安慰，老人家对外孙女极尽娇惯之能事，嘘寒问暖百依百顺自不必多说，最叫我牵肠挂肚的，是外婆的木头架子床后那只约莫1米高，直径50公分的铁皮糖罐子。罐子很有些年代，外面长满了锈迹，但这并不影响它"金玉其中"。除了堆放的用于保持干燥的石灰块占罐子的四分之一，另外四分之三全是各种各样馋人的宝贝。

春节时外婆家有做米花糖苕丝糖的习惯，分到我们每家单独的那份总是很快就被吃光了，唯有外婆自己的存留极好，有时甚至能续上下一年的。所以在外婆的糖罐子里，米花糖和苕丝糖永远占据牢不可破的首席之位，常常列席的还有牛皮糖、微辣的红色花生糖和甜甜的黄色花生糖，还有芝麻杆、冬瓜糖、炒香的蚕豆和豌豆、芝麻糊、玉米糊、自制炒面糊糊等等，外婆将它们分门别类地用口袋放好，不知是不是为了方便我们"行窃",一例只打包,不封口。我每次去了,瞅准了机会就钻进门帘后小小的存放空间,轻手轻脚地将糖罐子的铁皮盖掀开,伸手进去凭感觉一摸,带了种抽奖般的心情,有时竟能摸出两粒阿姨们从外地带回来的咖啡糖来,运气绝佳的时候,还曾经摸到过大白兔。

不能直接吃的制过的糯米,用油煎一煎煮得软软烫烫,再加一勺白糖,便是非常滋补的病中美食。若是咳嗽起来,胃口再差一点,抓一把捣烂的冰糖粒子蒸雪梨,清清甜甜,最后必定连皮带汤吃个碗底朝天。

孩童时,人们多多少少都有过那种"想要生病"的心情,旁人是为着什么我不知道,只晓得自己经常是想着外婆的糖罐子,想着在昏暗的不舍得开灯的房间里,口中一边哑摸着糖果,一边看电视剧的悠哉肆意。

幼年的我身体结实,难得生一次小病,恨不能加倍地缠绵,好投奔外婆处做软弱状,听她唠叨爸妈平常对我疏于照顾,心里那种得意和满足,仿佛寻到了天大的靠山。我与外婆感情极好,爸妈生我不久就去外地做事,很长时间我都跟着外婆生活,早前还曾发生因为她把我喂得太胖,以至于远行归家的妈妈认不出我的乌龙事。

小学后我和爸妈住在一起,大约三四年级,因为急性胃病第一次住院,出院后回学校念书,饮食始终上不来,人还是病弱。一天上午第二节课后,有同学来喊我说外婆来了。我出去,见外婆拎着一只篮子站在操场边上，一手遮着太阳，那时候她还年轻，穿着乳白的底子上有小碎花的麻纱纽扣夏装，头发整齐地别在耳朵后面。

外婆见了我，喜滋滋地掀开盖在篮子上的蒲扇，里面有一只盛了蛋花的细瓷碗，蛋花是鸡蛋搅散后由滚开的水冲制而成，加糖调成淡淡的甜味，也是极养身体的东西。我看到那只碗满了九成，只剩一线白色的边缘，外婆家到我的学校至少15分钟脚程，不知她是怎样做到竟一滴都没有漏出来。

汤是滚烫的，夏日浓浓的树荫下，外婆一面给我打着扇，一面笑眯眯地监督我喝光汤，末了奖励似的摸出两粒水果糖给我，有时是削好皮的橙子，或者一小块米糕，我吃着东西眼睛瞟着路过的同学，嘴里受用，面上有些羞赧。

父亲的顽固与笨拙

三毛做菜给荷西吃,骗他来自中国的粉丝是用下的雨冻成的,荷西信以为真,喜欢吃"雨"。三毛说:"想想荷西很笨,所以心里有一点悲伤。"小时候看到这一段,不明白为何要悲伤,明明是顽皮而可爱的事,这几年渐渐有些明白个中滋味。

我的父亲是那种除了他的本职工作以外,对周遭世界几乎一片茫然的人,譬如一直不太会用家里的电视机遥控器。当然,他的理由是自己没有多少掌握遥控器的机会。我和母亲出门旅行,他老远打电话过来问电视频道怎么调,我说和你卧室那个差不多呀,他咕哝几句说你没教过我嘛。挂了线,一会儿又打过来,很得意地说,我会了哟——那种沾沾自喜。

"你没教过我。""我没有时间去用心学过。"这些是父亲不会的理由。或许人的思维方式不同,我和母亲会认为,没啥需要学的呀。遥控器电饭锅电冰箱洗衣机影碟机热水器的使用皆是眼见之功,一看就会。每类电器的开关标识大致相同,即便不同也相去不远,胡乱试试总能摸出门道，父亲却永远无法一通百通。家里购入新电器，他总要抱着怀疑的态度，倘若见我按一气不灵光，他正中下怀般兴高采烈起来，说，你就喜欢尝新，我看还是老的好！我便免不了调侃他几句没有学习创新精神云云。

第一次在云南，母亲买了大束干花回家插瓶，父亲天天看，天天看，好不新鲜，说："哟，这花真好，开这么久！"此次搬新屋，买餐桌时他要求圆桌带转盘，我买好了，他再三打电话问我，"那圆盘能转吗？真能转吗？"那不可置信的语气，真是让人好气又好笑。

父亲有时笨得可爱，有时又笨得让母亲直呼肺要气炸。典型事例之一就是在停车场不记停车位编号，回过头来埋怨停车场太大，自己和自己置气，斗牛似的在场子里乱转，那叫一个怒发冲冠。这样几次找不到车，母亲不可思议，同样的错误怎么会犯那么多次。父亲竟答编号每个车位都有，我记来有什么意思吗？言下之意相当委屈。

我有天忽然明白过来，父亲小时候家在山上，读书时老师没有教过字母，所以他对字母不敏感，单单将"A"念作"哎"这点，都被我和母亲嘲笑过数次。我问父亲是不是没有学过查字典，果然，所以不奇怪，他对我们理所当然的索引法全然没有心得。

是在普及多年之后，我的父亲才学会用银行卡、智能手机、微信功能，以及在电脑上看电影。其实不是笨，他和他的那一代人，对旧的传统，有根深蒂固的信任和依赖。大概正因如此，当骗子以各种国家机构的名义打电话向他卖书，他背着我和母亲买了好些，我们知道后气不打一处来，从此见到各种骗术首先就是对他进行告诫。

遇见江湖郎中，父亲会天真地说："说不定能把你的病治好呢？"或者他异想天开，"等你病好了，你的牙齿说不定能长出来。"前几天他又突发奇想，说要去找个小孩养起来，就算我不结婚，以后给我做个养子……我再不像过去那样认真地拒绝，甚至生气地推却。我只笑着，吊儿郎当地说，随你喜欢。

家里条件不好的那些年，花不起钱装天然气，搬新家父亲最重视，千叮万嘱我们去缴费。我和母亲说现在早不流行天然气了，公寓都用电，煤气罐子更方便。他极认死理，并且一定要在炉子上试了点火才放心。

想到父亲的这一些顽固与笨拙，其实是出于成长的艰辛和对世界的不安全感，我便理解了三毛描述的那种"悲伤"。

舌尖上的旧时光

春夜里,乍暖还寒,大风将玻璃窗拍得乓乓直响,待在房间会有一种避难的错觉。电视机里是总演不完的抗战剧,老爸伸个懒腰,从沙发上起来说,哎,去冲个白糖开水喝喝。我妈扑哧一笑,说,农民就是农民。

白糖开水在我家颇有历史,我爸爱吃白糖,身体不舒服了,冷了,或者仅仅是因为没精打采,他都会喝上一杯。白糖放很多,直到糖水呈现明显的糖浆黄色,滚烫的,他一口一口品饮着,然后满足地叹气道:舒服。这时我妈便会笑我爸,说他是因为少年时吃得不好,所以才对这种单纯强烈的甜味有着顽固的恋慕。

我妈的话没有轻视的意思,仔细想想,少年时的经历确会影响一生。我爸是六十年代初出生的人,在农村长大,见识过饥饿,曾经很长时间以红薯果腹,其后大半生对淀粉类食品敬而远之。他至今爱吃苹果,也是因为孩子时期留下的记忆,苹果是最昂贵奢侈的东西,至于别的水果,根本没见过。

有次喝了爸爸调制的糖水，才一小口，甜得胸口都刺痛起来，不免由衷佩服起他犹如品尝仙露的那种虔诚。虽不是感同身受，却大致能够体会，因我儿时也有向往——邻居家食品柜上红盖子的麦乳精，和被奶奶层层包裹小心存放的冬瓜糖。

印象当中，麦乳精是非常高级的饮品，依稀喝过一两次，不知是谁赏赐的，除却奶香四溢，其实没有多深刻的细节。冬瓜糖，又叫梨圆，每年妈妈都会给山上的奶奶捎上许多，她平常舍不得吃，只有待客才拿出来。我整天盘算着奶奶的柜子，挖空心思想偷一点糖，可惜都不得逞，最终被狗咬了，奶奶终于舍得拿一点出来哄我，好歹了此夙愿。

冬瓜糖也是甜得惊天动地，那种嫩脆化渣的口感，让我爱得热泪盈眶。啊，感谢狗。

多年之后，两样东西淘宝都有卖，犹豫再三还是不忍下手，强行印证何其粗暴，记忆的美必将为之摧毁。味觉与时光原本就是微妙的关系，经年流转中，有时是食物变了，人没变，有时食物依旧，而人变了，所有的美好，几乎都注定了一期一会。

我们一家子，唯我妈不爱吃零食，不仅不爱，甚至有仇一般，硬塞到她嘴里也要吐出来。女人和蜜糖难道不应该是天生的"闺蜜"？她自己解释不了。后来无意间说起还在念幼稚园时，她去参加儿童节跳舞得了十几颗水果硬糖，回来路上吃掉几颗，剩下一半。外婆到家门外不远的小路上接到蹦蹦跳跳的她，问她老师发的糖呢，我妈把剩下的交出来。外婆见少了一半，气得一脚踹过去，我妈当场晕厥。

心理学上爱讲阴影和起因，大概正是这样，或许家中姊妹太多，外婆怪责她自私。但无论如何，每当我想到小小的母亲兴高采烈地回家，被当头一脚踢晕在石板路上，永远那么心疼。好想穿过时光去保护那个小女孩，让她这一生的滋味里，甜不缺席。

故乡的冬

下午有点变天，窗户忘关了，注意到的时候，窗帘已经悄悄地被风鼓胀成了大肚子。大肚子落下的阴影，将房间里的光拢得一熄一熄的。我靠在床上看书，没头没脑地想念起老家的冬天来。

老家的冬天决然没有这样惬意的下午，因为冷。然而也因为冷，老家的冬一旦惬意起来，很多好处是在这阳光普照的云南再难体验到的。我常常遗憾自己没有健康的身体，无法享受四季隆重的变换。待在温室固然是一种难得的幸福，可失去了料峭春寒、骄阳烈日、绵绵冬雨，再疏朗晴好的秋天也显得单调乏味。朋友西娅时常怨念，昆明的夏天太不热，让人连穿短裤的机会都没有。我心想岂止呢，岂止是少了穿短裤的机会。

想念冬天，首先让我记挂的，竟是那一脚深深浅浅的泥泞。

冬天里，小城很少是干的。通常一场雨要下几天，淅淅沥沥，缠绵得像林妹妹的病，灰白的天空自然也像林妹妹的脸。街是窄的，路是斜的，店家矮矮撑出的各色雨棚外，雨水长长短短地挂成了帘子。

一棵接一棵的梧桐树沿街站立，说来也怪，纵然是冷冬，也不曾见它们真正掉光叶子。树皮和根枝自然是枯了，可因为周身被雨水润着，不显得十分颓败。只是脏，像不讲究的乡下人挨墙根儿蹲着，间或擤出两指腻乎乎的鼻涕。丁零零，丁零零，一串清亮的铃声由远及近，三轮车披了灰蒙蒙的雨布，戏子串台似的，自小城的街道中央穿行而过，走路的人不小心被溅了半腿泥水，看一眼裤子，声音高高地扬起来：喂！你车子咋个骑的哦——

　　我打着伞从路边一溜儿曲折狭窄的空间里走过，尽可能不走到商铺的门槛上去，黑黑的鞋底，白色的瓷砖，一踩就是一个证据确凿的印儿。尽可能不走到路的中间，骑车的，开车的，发了疯在雨地里狂奔的，犯不着去受连累。不过路边也不安全，年代久远的六角板，没准儿哪块踩下去就飙起一股子水，那水特脏，兼具了雨水的腥和阴沟的臭，被我们称作暗器。雨天走路，必须当当心心地看着脚下，看准了，踩过去，且不能太重。用我妈的话来说，我属于那种不太会走路的人，笨，拖泥带水。哪怕雨已经停了，地面的泥也能被我甩到背心上去。这总让我羞愧，仔细地观察过我妈走路，挺直的脊背，从容的姿态，细细的高跟从湿漉漉的石板上踩过，何至于溅泥，连鞋面都不会弄脏一点。她中年发福后身形里依旧留着的那份苗条灵巧，大约是我这辈子都学不来的。

　　因为不会走路，那时我想要一双雨靴的愿望就更加强烈了。长大一点之后，知道雨靴不是为了美，却有一份粗犷的肆意。那种冰冰凉硬邦邦的不甚体贴的保护，成了行走在泥泞中别样的安全感。身在小城的我，只有下乡走亲戚时才有机会穿到远房表叔表婶的雨靴，兴奋得专拣了水塘去踩，在乡间小路上一阵乱踏，泥巴溅到脸上的事也是有的。

冬天的雨很奇怪，落在地上成了泥，落在草上成了露，落到头上就成了白糖，星星点点好多粒。有那么两三次，它们落到深色的衣服上，一瓣瓣地显出好看的六角形。身边的人雀跃起来，啊，下雪了，下雪了。每年冬天这个南方小城总有那么一场小得可怜的雨夹雪，不安分的雪花混杂在雨里，转瞬间就在孩子巴巴的眼神中融化成一小点湿痕。再望向天空，雨依然下着，不知雪到底还来不来，不期而遇的聚散像一场无疾而终的约会，让这季节无端端惆怅深沉起来。

据说北方人到了四川，也觉得冬天实在很冷。因为没有暖气，因为过分潮湿，这种冷的确让人印象深刻。长长的冬天，难得有几日晴好，床上的被子总是湿漉漉的，衣服洗过了晾上好几天也没有干的意思，走在外面裤腿仿佛浸过水，冷冷地贴着皮肤，没有大风，但始终不散的薄雾如同冰箱里的冷气，人在里面过一次，脸颊和鼻头就冻红了。我的身体很怕潮湿寒冷的气候，可是每年冬天到来时，就忍不住要想念那迷迷蒙蒙的雾气笼罩下的城和江，想念退水的河岸上萧条的植物和垃圾，冬天到来的时候，人们的生活随着气候的转换发生变化，露天的茶座不见了，夜路上安静了，店面的门早早地关上，冬夜的街道，活物的动静像被魔术瞬间变走了那样收拾得干干净净。如果你仔细听，还是能寻到他们的蛛丝马迹，一些位于二楼的茶坊、火锅店、KTV……到深夜仍然是人头攒动。

　　人们不因为寒冷而彼此隔绝，往往正是寒冷，让他们比往常更热烈地聚集在一起，在很小很小的包间簇拥着，烫火锅，喝热茶，打麻将，脚下的电热炉勤力工作着，偶尔砰的一声，是谁将瓜子掉进了正在燃烧的发红的电网中。

　　四川的冬天对我而言相当难熬，所以我体验过的冬天的乐趣其实很少，诸如过年时候伙伴们相约上山采青，或者去郊外放鞭炮，等等，离我挺远的。十年前我发病，在那雾气里瑟缩着手臂一瘸一拐地走路，面孔冻得发紫，身体凉得晚上钻进被窝长久都无法转暖，疼痛和寒冷代替了一切冬季的体会。可人就是这样有趣的动物，现在让我回想老家的冬天，想到的都是些温暖的食物。路边又香又脆的锅盔饼子，烫手的烤红薯，冒着热气的甜甜的莲子粥，夜宵摊子上的砂锅米线和醪糟鸡蛋，甚至从夜雾深处骑过来的卖臭豆腐的小单车。没有什么东西能够比食物更能拯救人的情绪，尤其在凛冽湿冷的寒冬，一碗冒着热气的红油抄手，足以对抗许多陡然而生来路不明的绝望。

　　冬天是适合围炉的季节。围炉意味着结伴,意味着有美食,有美酒。少年时的冬天，我曾在一个阿姨的家里逗留不去，因为她总是烧着一炉旺旺的煤炭，边缘烤着数个小橘子，橘子皮混合了燃烧过的炭发出醉人香气，皮子被烤薄了之后撕下来，里面的橘肉都还是烫的。许多张熟悉的面孔就团坐在那个炉子四周，一面聊天，一面弓着身子，将手和膝盖递过去烘。每个人的脸都被火光映得亮亮的,有的顺势脱了鞋,烤烤里面潮湿的毛袜子,将脚抬得老高,也没人说什么。

冬天是适合围炉的季节。围炉意味着结伴,意味着彼此需要,不孤独。相形之下暖气和恒温多少有些情趣欠奉,它们让人自给自足,不需要拥抱,不需要聚会。高温的夏季人们独立自得,逃避着对方的肢体,不愿意传染了汗水和温度。然而到了冬天,就如同走到了人生的暮年,我们是否应当学会彼此接纳,彼此分享,将最坚硬的寒冷,过渡成最最柔软的执手。我因此推测,冬天也是适宜于培养感情的,那些寒冷孤独的人相互遇见,哪怕仅仅是坐下来一起吃一顿火锅、喝一杯淡酒,想起来都是极奢侈美丽的缘分。

晨间

秋末有一段长长的旅行，冬天开始后，我回到家中，生活重又变得井然有序。

清晨起早，天光短少的冬日，早上六点和深夜无异。只是深夜的宁静近乎鬼祟，而清晨的宁静里却有种轻轻的起伏。住在离郊区很近的地方，窗外还没有什么声音传来，整个城市还在睡梦中呼吸。于是我也动作轻微地洗净了脸，将水龙头拧到极小的角度，家里并没有别人，我不愿意打搅的，是包围屋外的那个世界。

就像母亲襁褓里悄然醒来的婴儿，不哭不闹，睁着眼睛看母亲沉在睫毛影子里的下眼睑，贴近她的胸口，感受徐缓而有节奏的波澜。这时候我与世界是接近的。

开了厨房的灯，打半盅米洗净，放入锅里小火慢煮，仍旧以很轻的动作，回到饭厅，吊灯是暖黄的，书页洁白，米香渐渐氤氲，将眼前的书和字浸得湿润饱满。房间里没有别的声音，唯鱼缸里流水淙淙。鱼儿们依然沉在下方。清晨的时候，一切静物仿佛都有了生命，而一切的生命都分外懂得。

间或去搅动沸腾的粥,有时站着,盯着白色的米汤,怔怔呆了过去。忽而抬头,发现天光略有转亮,便将先前洗米的水拿去浇花。茶花正在打花苞,月桂静静开了数小朵,九重葛的枝条长得比拇指还粗,植物的叶子在暗里发着光,被风抚得微微摆动。云南的冬天是这样好,长夜可见天空浮荡的云,白天则是总也没完的蓝天和阳光,黄槐花刚落,冬樱花就一树一树地开了出来,还有茶花和杜鹃。云南的花四季不休轮转。我原先不是爱花的人,但它们不知疲惫在你眼前开着,无动于衷是难事。

清晨的空气里有雪的味道,凛冽,清甜。我想象它们来自轿子雪山、玉龙雪山,或者更远的梅里雪山,乘夜而来,天明而归。不由得在露台上多站了一会儿,深呼吸,让甘甜冰凉的空气注满肺叶,置换掉漫漫长夜的浑浊,几番过后,身体和脑袋真正苏醒过来,灵魂与躯壳终于合二为一。

早餐很简单,多半是粥与白面馒头,前日煲萝卜汤削下的萝卜皮在盐水里浸泡一夜,捞出切丝,浇一点红油,是最好的佐餐小食。有时也喝热茶或咖啡,一面看书,一面将吐司面包条条扯着吃。这些时候,读书不再是读书,而变作一种交谈,那些字会格外生动地跳到你的眼睛里,于无波的心中激起阵阵涟漪,有时会吃着吃着丢掉手中的食物,抓一支笔在旁边的本子上潦草地记。

再放下书,已接近八点,逐渐密集的声响意味着帷幕的拉开,这才换衣梳头，准备出门。住处不远的十字路口，每天早上会有许多农人担着自家种的蔬菜摆地摊，隔一阵去看，品种齐全，俨然一个小小的市集。选了两块胖胖的豆腐香干，一束白芹菜，一段山药，两条肋排。上班在步行可以到达的地方，拎着蔬菜沿街走去，街边有守夜班停车位的人烤火留下的铁桶，经过时仍可看见一段烧成漆黑的木头上闪着隐约的光，暖意在小腿边停顿片刻，才觉遍体生凉。呵气微白，真是冬日了。

远处云层裂开缝隙，镶有金边。我知道，须臾之间，会有一米阳光从那里洒落。

酒喝好了，雨就停了

听过一些来旅游的朋友如此抱怨："云南人咋这么懒哦？进店买个东西，她理都不理你。"我笑，不理就对了，不理才是云南人。

云南人"懒"名在外，细数平日所见，确实例证不少。来了云南，我第一次见识上午9点才开始扫街的清洁工，第一次知道农贸市场中午要休息。小区附近的菜市，12点以后进去，菜摊上统一盖着白色塑胶布，摊主或不知所踪，或歪在椅子上微张着嘴打呼噜，一改平日认知里农民伯伯勤扒苦干的经典形象。那种惬意自在、一片祥和宁静太平盛世的气场，买不到菜的人非但生不起气，还有点抱歉——原来是下班时间啊，对不起，打扰了！

卖菜的人如此，买菜又如何？云南人买菜用拖。类似超市购物推车，小孩拖杆箱大小，可收缩，大妈大姐们下了公交，咔咔两下将拖车拉开，一路拖到菜市，再一路拖回公交站，说说笑笑云淡风轻，将满满一筐菜视若无物，别提多潇洒。我好不欢喜，立即打算给在四川老家至今用背篼买菜的外婆也买一个。

我家门外有条美食街，稍微像样点的馆子，服务员厨师跑堂的加上不下五十个，生意最好的一家彝族菜馆，每天早晨员工列队训话，随便数数也是一百往上。在云南，商店店员反应冷漠是一种特色，收入低消费高，餐馆服务生散漫迟钝又是另一种特色。里里外外透着"你爱买不买，爱吃不吃"劲儿，点菜无不需要三催四请，当然说到最奇葩，还要数市中心一幢以美食天地命名的商场，某餐馆以不到12点为由将我们从座位上撵出去，而他们正团坐着欢声笑语吃午饭呢。

在这里，一间餐馆最大的开销是员工工资，然而绕到餐馆后巷一看，闲坐聊天，优哉游哉择菜的大有人在。服务生月薪不过千把元，在这物价凶猛的世界真的做不了什么。要是勤快一点，少请几个人，薪水自然上来了不是吗？皇帝不急太监急，有时我简直为云南人民这种施施然的懒散急得要哭。

习惯了云南人的"怠慢"，后遗症是当我回到四川，在灵活亲切的川式服务面前完全受宠若惊，面对8元一份的炒蔬菜感动得不知如何才好，要知道，云南这个鬼地方，炒份空心菜也要18元，而且全是用刀剁剁剁——他们懒得掐！

朋友L是楚雄人，我们认识那年他在西藏工作，环境收入都很好，除了工作累点，离家远点，其他没啥可挑剔的。就是这无数人向往的西藏，L死活待不住，想尽办法终于调回昆明，他说他的理想是回楚雄，回农村。在人人都想往外走的年代，L的"逆反"有点耐人寻味，我数次劝说他，不要死脑筋，留在城市，以后小孩受教育方便。他很骄傲地说，他将来有孩子也要在农村养，他们家有地，有菜，啥都有。

做生意的老板都是外地人，在城市里打工的云南姑娘小伙，到了农忙季节循例要轮流请假回家，手中的这份工作可做可不做。那些毫无热情的年轻人，大概很多都像L，存着"我要回乡下"的执念，他们天生天养，对于需要努力才能得到的东西，有与生俱来的傲慢和排斥。或许，要理解了务农为生看天吃饭的云南人，才能够理解他们的懒散随意，将其稍稍升华一下便是道法自然。正如本地某特产的广告，一个旅人在山上老翁的草屋躲雨，问什么时候雨停，老翁抽口水烟悠然答道："酒喝好了，雨就停了。雨停了，酒就喝好了嘛。"

切记在云南生活的要义：随缘，随心。他们的不殷勤里，其实很大成分是不谙世事的朴拙天真。这里的人并非不知苦，只是惯了苦，不认为需要改变。

今晨有人塞了张宣传单在门缝里，捡起来一看，原来是附近某餐馆拓展了送餐业务，还可上门取回餐具。这在其他地方理所当然的服务，在周边却算开了先河。然不知何故，为此深感方便的同时，我又有了一点始料未及的怅然。

伴

有天我从外面回家,二楼那对老夫妻在楼门前立着,脚边卧着只大狗,正有气无力地淌口涎。我以为是他们没带门卡上不了楼,正欲开门进去,又觉不对劲,便问,它怎么了?老婆婆微微一笑说,它老了,要休息休息。

一直不知楼下这户人家养着狗。每日上班都会路过他家门前,只见两排花草打理得特别好,花盆里整齐倒扣着光洁的鸡蛋壳,每隔一阵就有新的应季花朵开出,清洁又茁壮。曾经被他家的令箭荷花吓到,因开在转角处,经过时全没留神,猛然刺出一朵,极大极艳丽,像武侠小说里的美女刺客。最近是海棠在开,规模不大,一球接着一球,很有耐心的样子。

我说,不知道你们养狗呢。

老爷爷说,嗯,它不吵,安安静静的。

尽管偶尔打照面,正式说话是第一次,不知道再要说什么,但又不想立即离开。于是我站在那里,在屋檐支出的阴影下,和他们一样笑眯眯地看了会儿狗。夏日午后的阳光没有一丝流动的迹象，未觉有风，树枝的影子却轻轻摆动，片刻，我开门上楼。这件事情过去很多天，我仍然不能忘却，一对安安静静的老夫妻，一些安安静静的植物，一只安安静静的老狗。

童年时候养过一群小白兔，养得不好，它们一只接一只地死去。这记忆大概在我脑皮层深处躲藏得极好，有时候想起来，只以为是自己的幻梦，几乎不会带来情感上的起伏。长大后不曾与任何动物近距离相处，亦以为是个性日渐冷漠自私的缘故。直到有次，在朋友家做客，中途朋友夫妻结伴出去买东西，留我和他们的狗狗在家，恰巧我那日情绪极其低落，独自坐在沙发上拿着遥控器盲目换台，久久才意识到狗狗也蜷在一边。我转头看它，恰好碰上它抬头看我，湿漉漉的孩童般的眼神里似有无限的温柔体谅，我一下没绷住，就哭了。

与另一生命做伴，会很容易发现自己的孤独，是的，爱让我们更孤独。动物、人，都是一样。我无法用"宠物"一词去命名这种互相依赖的关系，只是渐渐明白过来，我不能接受这样的陪伴，不是因为冷漠，更是因为脆弱。

上次回老家，表弟身边多了只狗狗，毛发很长，眼球有半只挂在外面，模样实在有点吓人，当门打开它大叫着扑过来时，我第一反应是吓坏了。后来才知这原本是只流浪狗，表弟有次离家出走途中，它莫名跟上他，从此再不离开。不久后这只狗狗又跟了外婆，平日里老人家吃素，它就跟着吃素，并不挑剔。间或有人带肉给它，它仿佛能闻到，老远就欢天喜地地蹦跶起来，拱了两只前脚拼命作揖。而我，因为初见那次受了惊吓，每次逢着我在，家人便呵斥狗狗走开。它也真能听懂，乖乖地找地方躲着，漫长的晚饭，始终不声不响。

那夜我吃好饭，坐去茶几旁边喝茶，忽然看见茶几与地面之间极其狭窄的缝隙里泄露出一撮灰白的狗毛，再看茶几那边，狗狗的两只后足也无辜地露在外面。原来它就这么笔直笔直地趴了一晚上啊。我满心抱歉，叫它的名字请求它出来，但它一动不动，像个认死理的小孩。我想起我那骄矜冷淡的样子，众星捧月的受宠姿态，一定是把它吓坏了。这些念头纠缠着我，至今无法释然。

不速之客

在桌前看书,"嘭"的一声从露台传来,以为是花盆被风吹倒了,跑出去看,薄蓝晨光中,一只说不清是鸡还是鸟的家伙正愣愣地站在防腐木地板上。它左顾右盼,一脸惶恐,仿佛被不知名的力量忽然间送到了外星球。

我记起来,这是前一日下班时在楼梯间窗台上看见的那只大鸟,因为长着锋利的喙,且体积不小,我经过它时格外小心。有点哭笑不得,莫不是前一晚就跟着我回家了?是不是受了伤不能飞走?猜来猜去究竟没有用,它发现我在窗格后面观望,一动不动,而我也没有胆量开门出去看个仔细。常听人说没有缚鸡之力,我连缚只鸟都难。

因为这位不速之客,早上我的生活忙碌起来,拍照发微博是必须的,手机在狭小的窗格间左右比对寻找最好的角度,又跑到母亲房间,落地窗直面着露台,将它的一举一动全景框住,我拍来拍去好生劳累,干脆坐在床边隔着玻璃和它对视。

熟悉环境以后,这家伙自在多了,在我的花园里优哉游哉地踱步,间或啄一啄桂树，又啄一啄米兰，靠着房间的这一侧窗沿上有几盆杜鹃，它啃了几口，只怕是不合心意，抬脚啪的一下蹬到地上。我见它造次，起身嘭嘭嘭地拍玻璃以示警告，它傲然转身，扑腾翅膀飞上藤椅，再连跳上了茶几。

这下好了，不待回神，几盆心爱的多肉已被它踹了个底朝天。

胆敢在太岁头上动土，我心一急，从打开的窗缝里吼出去："别动！"吼完之后自己失笑，它要是能听懂就好了。我经常有这种傻里傻气的举动，比如座机电话响了，一边跑去一边喊，来了来了。这一吼虽是对牛弹琴，到底在安静的清晨震慑了它，它大约觉得无趣，扑扑翅膀又落到地面，重新视察工作般来回巡游起来。

好容易挨到上班时间，我检查了门窗才出去，露台上已经被它搞得一团狼藉，倘若不小心放进屋，其情状可想而知。只是仍没有拿定主意要如何处置，天光大亮以后，我又近距离拍了几张照片，网友说看起来很像保护动物啊，更有刚刚看了《无人区》的朋友，异想天开地说，不会是鹰隼吧！

我仔细看了，是有些像鹰。不由暗忖，那还得了？！保护动物光临寒舍，岂不是要打电话给电视台——像将要上场表演似的，我居然悄悄兴奋起来。

给同事看了照片，男同事胆大，自告奋勇要帮我抓。我不信任：你不是要捉去吃吧？不能捉去吃哦，要放生。他说：不吃不吃，我捉来养着。我将信将疑地把钥匙给他，心里其实不愿意，又实在无法可想。

就在这时,一个叫鸟类研究的认证ID给了确切的答案,说是雌的雉鸡,估计是服用了激素,所以鸟喙有些变形,特别钩而锐利。我再查,的确是比较常见的东西,想是哪家买的野味来不及烹煮就飞了。原来不是保护动物啊——这么想着,仿佛还有点遗憾。

午间休息时间,同事将雉鸡捉走了。我再三叮嘱要放生,但后来,他们打听清楚是"鸡"之后,仍旧杀了它,用干辣椒炒出一份上好的下酒菜,又买了其他食材,做出一桌丰富的家常饭。他们叫我去吃,我自然说什么都不肯。

饥饿的缘故

　　家里鱼缸长了半壁青苔,一直打算去市中心花鸟市场买些清道夫鱼,终日无事碌碌,耽搁很久竟没能成行。昨日好歹去了,经不起卖家引诱,买了几尾更贵的据说清洁能力更强的小帆船清道夫,回家后立即放入水中,心中暗暗嘱托:"加油哦小帆船。"谁知午睡过半,被母亲叫醒,她告诉我小帆船不知所踪,我说怎么可能凭空消失?不情不愿地起来,怪哉,当真集体不见了。

　　因为前一阵出去旅行,鱼缸久未打理,鹅卵石和假山景上俱是鱼儿的排泄物,灰灰绿绿一层,经过厚玻璃折射之后显得模糊腌臜,颇影响观感。我只好贴着玻璃慢慢拍打搜寻,以为是小帆船不熟悉环境躲起来了,但良久亦无动静。一群鹦鹉鱼被我扰得纷纷退散,水波逐流间,忽然发现假山缝隙处歪着一只小小的尾尖,赶紧拿网兜去拨,小帆船漂亮的鱼鳍幽幽浮出来,我傻眼了,只得一点残肢。

　　不用找剩余的几尾小帆船,凶手必须是鹦鹉鱼了。我后知后觉上网去查,始知这种看似可爱娇憨的家伙,原来异常能吃、消化功能超级强大，不只常以小鱼小虾为食，连珊瑚虫的骨骼也能磨碎成粉。估计小帆船体形太小，放进鱼缸后便遭到群鱼的攻击，尸骨全无。常在纪录片里看到大鱼吃小鱼小鱼吃虾米的画面，可这第一次发生在眼前的猎杀，依然残酷迅疾得让我顿生寒意。

主人很生气，后果很严重，当即宣布罚俸半个月，不给这群"凶手"喂食——通常七天喂一次。鹦鹉鱼们好像听得懂，见我靠近，全部乖乖地躲去一边做面壁思过状。我又心疼又生气地在客厅走了好几个来回，知道自己理亏，食量大是鹦鹉鱼的天性，团结对外更是它们的"美德"之一，再说二十八只鹦鹉鱼分吃五只小鱼简直不够塞牙缝。只怪没有事先做好功课，白白牺牲了几只小帆船，本还盼望着它们长大，就像卖家给它们取的那个怪土的名字："一帆风顺"。

忽听见母亲惊呼，啊，这里还有只小帆船。赶紧过去瞧，只见它瑟缩在假山与玻璃的一处死角之间，不敢动，更不敢出去。碍着那块体形较大的石头，鹦鹉鱼们一时莫可奈何，只能上上下下地啄，仿佛不把它烹了决不罢休，我虽然难过，也感到无能为力。因为担心家中的鱼长得太快，一向慎守少喂食的习惯，它们想来是饿坏了。

近年来偶有新闻报道，因为环境破坏，北极熊无处觅食，最后不得不吃掉同类幼崽。图片雪白血红，让人联想起久远的安第斯山脉上发生的那桩真实故事。飞机失事后，二十多位幸存者面对冰天雪地，赖以维生的食物日渐减少，海拔气候寒冷严苛，最后他们靠分食同伴的死尸坚持到救援队的到来。大概因此例在先，后同类故事不绝于耳，互联网上搜索相关字眼能出来很多消息，任何的道德评价都虚弱万分，在对生命的深刻眷恋和强大的求生意志面前，人类有智识尚且如此，更何况动物？

常去的论坛上看见一人问，总是想死怎么办？有人冷静回复道，等彻底没了食欲的时候再说吧。可见活着是生命本能，恐怕还是最高本能，弱肉强食紧随其后，不免自嘲，何苦谴责鹦鹉鱼，我们难道不是日日以鱼为食？

不过罚俸还是必须的，只要想到那几只可爱的小帆船，我仍有点生气。

蚊帐

有天午睡,迷蒙中忽然想要一顶蚊帐。白色的,棉纱质地,不要任何花俏,只需能将睡梦的世界和外面隔绝起来,使得床像一艘船。

记忆里的蚊帐,挂在外婆家的大木床上,床以方形镂空木架做顶,三面数条木柱雕花木框合围,顶上盖一张白色长方形棉布,四角的棉绳拉到木柱上绑好固定。将蚊帐抻到木柱外围,也是有许多棉绳,依序绑好,空出的这一面,平日里分两边别在左右两根木柱后,像女子往耳后别头发。只有睡觉时才放下,合拢,系上棉绳。

小时候我是极讨厌蚊帐的,那意味着一个封闭的世界,自小家中睡觉的规矩甚严,乱蹬乱踢辗转反侧是不好的,屈起腿平躺睡也不好。我瞌睡很少,每到夜里,只好僵着身子强忍乱动的念头,睡在一动不动的外婆的后面,外婆身形高大,像一堵墙。孩子的本能吧,我总想翻去墙那边。

墙那边有蚊帐,戒备森严。

午觉也甚为讨厌,午睡时是白天,外婆将蚊帐拉得特别紧密。关在里面，似被囚禁。40分钟的午睡时间长得过分，说来也怪，明明是隔着，电视机里的声音却传来，大人们低声说话的声音和院子里小伙伴们玩耍嬉戏的声音都格外清晰。蚊帐外面那个我无法参与的世界无情地自行往前，我悄悄挪动身体，不舍得睡。

不知是不是因为这种强迫，我长大后也不喜欢睡午觉。多是假寐。有时不小心真睡过去，醒来必定懊恼万分，像背叛了和自己的契约，气得要命。不知在蚊帐里睁着眼睛过了多少个漫长的午后，也会困，但不肯承认，坚决不睡。

隔着蚊帐看外面，越看不清越想看，有时想偷偷撩起一角，谁知那蚊帐逶迤宽大，像女子裙裾，还没得逞，小动作就被发现。悻悻作罢。心里恨透了这玩意儿，羡慕大人可以有不被管束的自由。古装片看多了，趁他们不注意，学着片里的小盗贼将蚊帐戳出一个手指大的洞，总算偷得几次电视看，不久外婆拿一张厚厚的麻纱布将窟窿补起来，这下倒好，本来那点朦胧的光也断绝了。

有一年出麻疹，不能见强光，不能吃酱油。那时电视正在演"沈珍珠和冯将军"，我心心念念的英雄美女，这下看不成了，怎么是好。不依不饶，仗着生病吵闹着要看沈珍珠，外婆终于应允我每天隔着蚊帐看一小会儿，这点好容易争取来的乐趣，是记忆中我第一次与大人的"斗争"取得胜利。

很长一段时间里，长大对我来说，意味着不必睡在有蚊帐"保护"的床上，意味着能够时刻参与外面发生的一切，不被欺瞒，不被隔离，不被抛弃。多年之后,电视剧频道再播《珍珠传奇》,我听着那久违的主题曲,依然如孩提时代,兴奋不已。

物喜

"从冰箱里食物的摆放,看见一个人的家庭地位。"我一边拉开冰箱门,一边信口胡诌着。洁白宽敞的冰箱里,我的养乐多、果汁、牛奶、意面酱堂而皇之地占据最中间顺手的一格。没有要取用什么,只是习惯性扫视,就像国王不时地检阅他的士兵。

对物质的喜好,是最近几年才鲜明起来的。曾经有好多年的时间,我都处于那种凡事可有可无的状态,丢失了东西也不以为意,谓之"都是身外物"。那时一起住的朋友,合租一年,竟然没有一起逛过街,因我不大购物,受不了花花绿绿的缭乱,只是去超市。她疑心我要老僧入定,除去一天还吃些米饭肉菜吊命,其余烟火事均入不得法眼。

她会问,你到底喜欢什么东西呢?

气馁地得出结论:你真是一个十分难以取悦的人。

"取悦"一事常常要借助于"东西",也就是物质。不巧的是我对"物"有一种惧怕,宁可谨慎地与之保持距离。这和幼年往事有关。

我四五岁的时候,县城兴起了歌舞厅,每天晚饭后,母亲和小姨会结伴去跳交谊舞，小姨个头高，与母亲搭伴对跳很有男士的威风。当然，彼时她们年轻貌美，不乏异性邀约。舞场兴盛一时无两，厅里站满人，外面露天地里也熙熙攘攘，我和表妹爱跟去，在那人影和球形旋转灯的光斑下，似懂非懂很快乐。

对于小孩子来说，那地方除了人的吸引，便是各种零食。有人兜售瓜子花生葡萄干，兼卖玻璃瓶子装的汽水，比五分钱一杯的薄荷凉水高级太多。比汽水还高级，是一种神秘的叫易拉罐的东西，嘭的一声拉开，咕噜咕噜喝下去，不知是什么滋味。

有一天，我和表妹照旧在人们的腰际乐此不疲地穿梭，陡然间瞥见墙边立着一只易拉罐，在幽暗中放着高级的金属光芒。走过去轻轻用脚试探了一下，仿佛没空，是别人不要的吧。

我俩捡来喝。

不知母亲是怎么知道的，只记得她和小姨阴沉着脸，没等舞会结束就攮我俩回家了。"回去才理满（教训）你们！"母亲说。我们一路沉默，一路忐忑。

回去，我和表妹自觉拿扫把跪在门口，自知做了错事，心虚得不敢抬头。以为挨打挨定了，但母亲只是很重地训诫我们，说捡东西吃是乞丐才做的事，是没有教养的孩子才做的，如果要捡来吃，以后就不必回家。

大约因为母亲幼年家境拮据，我家的管教一向是要懂得节制，不能随便索取，不能好吃的可着劲儿一顿吃完，我们上街也好，过年也好，从不会主动提出购物要求。经此一事，更是对物质尤其是心所向往的物质产生莫名的畏惧。一律不要，不要，总不至于犯错。

小时候没有娃娃。曾经无比向往一盒36色的水彩笔，向母亲提出时，只敢说老师规定的最低标准12色。也想要一双女同学们都有的那种彩色带卡通小人儿的雨靴，终究只有双黑漆漆的。被镇压的对物质的向往，在长辈向亲戚夸口"这孩子懂事，什么都不贪"时，似乎得到了一点点平衡，而那平衡中，又似藏着一点点委屈。

直到长大了，挣钱了，依然维持着不乱花钱的习惯，那些缤纷物件，一度被自己扣上"幼稚"的罪名。近些年，由于病弱，无所排遣之下，倒将购物当成一桩乐事。我成为与过去完全不同的俗气的人，开始用物质取悦自己。向所爱的人撒娇，也会伸手要东西，令人喜悦的并非某物，而是那种"要即得到"的心情。

张爱玲说，爱就是能向对方要零用钱的关系。以为同理。

洗发

　　四川小城里洗头小子们的功夫，多是上个世纪九十年代在广州一带学成的。十几岁的少年外出务工，半工半读在夜校里学习美容美发，回来找个发廊做师傅，过几年存了钱，另起炉灶自己当家。

　　有时候我在想，是不是云南开放得太迟的缘故，怎么偌大一个昆明城里找不到很舒服的洗头的地方。2008年我住院，正遇见医院整修，洗浴相当不便。去医院大门外巷子里的理发店洗头，差点没被那个粗鲁的小男孩抓掉头皮，全没有章法地一通乱洗，且用力过猛。刚到云南那一年，我对理发店尚且抱有幻想，尝试过干洗，那质量就别提了，后来发现普通的水洗也够呛。有次才草草洗过一遍，洗头妹拍拍我的肩说，喂，可以了，去吹干吧……潦草到你都懒得跟她理论。

　　所以每次回四川老家，头是要洗一次的，在外面享受不了的服务，到家要一一都试够才会甘心。原先常去洗头的理发店现在越来越大，规模扩展到以前的三四倍，装修得很是时尚。穿着制服的男孩和女孩垂手站在门口，看见有人来，便殷勤地将人引进去，那时分多是男客，在附近的酒楼吃了酒，喝到微醺来洗个发，顺便按摩一下头部和肩膀，趁势小睡半个钟。女客则多会在较为空闲的上午来做头发，趁着大师傅不很忙，也不至于影响下午和晚上的牌局。

烫发的人坐在有电脑的那一排卡座，边剔指甲边看电影，等着胶水慢慢为头发定型。等着剪头发的人歪在宽大的皮椅里翻过期不久的时尚杂志，干洗区有个肥头大耳的胖子，不停地叫小妹给他拿棉花棒挠耳朵——老家的发廊里洗头有时间限定，不低于40分钟，还可以提供挠耳朵，冲洗眼睛，按摩穴位等服务，收费不多，相当舒适。棉花棒在外耳廓游走，探进耳道进进出出，松软的棉花须反复撩拨，是充满挑逗快感的一种项目。冲洗眼睛则神气一些，平躺着，水缓缓地冲上你的额头和眼帘，仪式感很够。

闲聊仿佛也是洗头工的工作。男孩子为女顾客服务，女孩子为男顾客服务，没有隔开的一张张躺洗按摩床边，洗头的男孩女孩低声和顾客交谈着：您这是刚从外面回来吧？你在哪儿上学呢？头发掉得有点厉害哦，是不是工作压力太大？水温合适吗？手指的力度如何？温软低回的声音夹杂水流淙淙在你耳边厮磨，适度的好奇心撩拨着你的倾诉欲，营造了很暧昧的错觉。

我一向不爱闲聊，也不烫发，纯粹只为享受洗发服务，多有几次，他们心中有底，尽安排给我木讷生涩的新手。这倒不计较，新手也好，熟手也罢，总归质量是过关的。前不久回老家，有过一次比较特殊的洗头体验。

我当时全身酸痛,一进去就嚷着等会儿洗完头得好好按一按,谁曾想这按摩的方式有了改进,给我洗头的是个外乡男孩儿,据他自己说是安徽来的,和其他洗剪吹少年一样,斜分的黄发覆盖了眼睛,声音很弱,与其说是温柔,不如说羞怯。他问我要不要按摩背部,我说好。说时迟那时快,还没来得及翻身趴着,他已经一手阻止了我的动作,一手径直穿过我薄薄的T恤从后颈探进背部去。

真别扭,他的手指压在我身体上,用力地顶着我背部的穴位从中间往上顶压,我不得不一次次抬高身体去配合他的按摩……舒服是真的,尴尬也是真的。你能想象一排的小床上大家都在被按摩,难免发出各种奇怪的声音……我尽可能忍着不哼唧,众目睽睽之下的尴尬和包厢里纯粹色情的尴尬还不同,我一直跟自己说别大惊小怪,人家旁边那位姐姐也正在享受呢。

夜来风雨声

夏天来了，雨季终于也来了。夜晚歪在床头看书，听得窗上啪啪地响，有人敲窗似的，是下雨了。云南连年干燥，雨季来迟，大片土地在干旱中绝收，下雨自然是很好的事。放下书认真听了一会儿，心宽了宽，才又埋头到书里去。

幼年时喜欢雨。故乡是长江边上一座小城，有时接连暴雨，听得人说涨水了涨水了。一窝蜂跑到码头去看，河水果然一改往日的平静温柔，浑浑滔滔地在眼前吞吐，席天漫地的黄水，像一只猛兽随时准备扑上来。夏天的江边，总要死几个大胆的踩水人，老人们说是"水鬼来收账"，学校也总有警告同学不要踩水的告示，我虽胆小，也偷偷去过几次，不知为何笃定水鬼不会看中我。

夏天落过雨的清晨，路面积了深深浅浅的水洼，有时能淹至脚踝。小孩们肩膀上斜着大大的伞，一脚踏进水里，和水花一起四溅开的是唧唧咯咯的笑声，半身湿透也不觉得。那时候的我，踩着一双爷爷买的雨靴小小心心地走在后面，不安地享受着这种接近于危险的快乐，内心有点孤单,因为班上所有的小朋友都穿的彩色雨靴,外侧别了个小小的卡通人,而我只有一双盲人一样的黑色,通体素黑,什么都没有。

关于雨靴的梦做了好两年,到再大一点,开始看课外书。读到古龙小说里"小楼一夜听春雨",在这句话里呆了好久,费尽心思想象一幢江南烟雨中的木质小楼,曼纱轻舞,看不清里面弹琴的人,只知道一定孤独,一定有酒。而另一句"山雨欲来风满楼"则给人以饱满的苍凉之感,箭在弦上,人将远行,大风起,飞沙走石……

我因此很爱暴雨,爱暴雨前突地压近眼前的山色,低矮的天,视野中的小城霎时间清晰了,像对比度明显的一帧照片,给人以锋利的美的享受。常常做的事情,就是站在阳台上等待暴风雨,发起疯来也在大风大雨里狂吼狂叫过。有一次下晚自习时突遇暴雨,伞成了根本无用的东西,索性收了伞,在风雨呼啸中一路从容地走回去,到家自是从里到外都在淌水,我直呼痛快,父母嗔怪地瞪我一眼亦没说什么。他们一向希望我是皮实大气的。

欣赏不来绵绵细雨,就像从来没有喜欢过琼瑶类小说。我的启蒙书是武侠小说,十几岁时已经将金庸古龙看了个七七八八,以为自己会长成一个性情彪悍的女人,李莫愁、梅超风之类,恩仇是快意的,毫无青春期婉约的意思。

直到有一年,《女友》杂志上一篇小文,写雨季之美,文中写"女子换下平日里的粗跟皮鞋,将脚塞进一双透明的彩色雨靴,穿一身粉彩的透明雨衣,撑了伞去青石板的巷子里踩雨",读到此处,我眼睛也直了,仿佛被谁敲打一棍,顿觉美得目瞪口呆。就这样,彩色雨衣的梦,又做了整整一个夏天。许多年后想起来,才在脑海里认真拼凑了一下那身装束——脑子有病吧这是。

有所不食

坦白说我吃过一次穿山甲,来路不正。大前年的某天,一个从事长途客运的亲戚敲开我们家的门,神秘兮兮地递过来一只塑胶袋,说是他开的客车上有旅客私带了一箱穿山甲,途中被警察查出来,撬开箱子穿山甲满地乱爬,他趁乱逮了一只没上缴。只因风闻这东西滋味丰美无比,并有多种药用效果,想着我身体不好,回家杀将之后便捎了些来。

人家想得这么周到,我们自是婉拒不得。将亲戚送出门之后不禁犯愁,这怎么吃呢?遵父命去百度搜查,我万般不情愿,小时候看动画片葫芦娃里那只穿山甲给我留下了太好的印象,为什么要吃,可不可以不吃?

我小时候不太吃肉,觉得油腻,有股去不掉的腥味,但普通的猪肉牛肉多少能接受一些。记得有一年,家乡忽然来了几个兜售野兔的乡民,时常一把猎枪挑着三五只野兔穿街走巷而过,小城居民平常少见野味,胆识略大者上前询问价钱,又问兔子何时打的,别死了十天八天还在卖。那人将兔子往前一送,喏,你摸嘛,还温嘟嘟的,早间才从山上打了下来。看客一摸果然温软,当即买下来。

有次我姨父也拎回来好大一只,深灰与白相间,果然跟家养的白兔不同。一大家子围着犯难,后来还是小姨胆大,以乡民所授的法子将兔子悬挂在钉子上,用刀在脖颈处旋开一圈,然后脱外套似的将毛皮往下撕拉。尽管已经是死兔子,那场面仍残忍得叫人不敢直视,只听小姨轻叫一声,大家凑过去,发现被脱去皮毛的野兔薄薄的半透明的内皮下面,包裹着三只已全然成形的小小的兔子,它们抱拥在一起,好似睡着般乖巧安详……如果没有被猎杀,这只兔妈妈应该用不了几天就会分娩,想必是怀孕的滞重让它没能躲过子弹的追击吧。姨父咳咳解围,说,就算我们不买,它也已经被打死了嘛。人总是擅长自我安慰的,不多久,他们就将那兔子一半红烧一半干煸,吃得好不欢快。我真是不够洒脱,始终不肯碰一下。

念大学的时候学校伙食贫瘠,但校外却美食甚多,其中一样就是著名的双流兔头。5元一只,五香麻辣任选,有条件的同学会在周末去弄两只吃个痛快。我没钱。就算有钱也不忍。

勉励自己吃肉是近几年的事情,因为健康状况急速下滑,医生说病痛好比炉灶,须得有材料可烧,如果你不保证给养,它就烧毁你自身的部分,身体会越来越坏。于是肉丝肉片肉丸排骨努力地下了肚,实在不愿意吃的时候,就喝汤。

那一块穿山甲肉,后来父亲依据百度上所教的办法用一些药材给煨上了，瓦罐里煲了整个下午，我在房间里看书，闻得芳香四溢，不得不承认，那真的是一种特别清妙的肉香，点点油腻之气也无。抵制不了父母的再三训劝，我喝了一碗汤，吃了几块肉，很不愿意吃，很好吃，不知怎么就吃得眼泪汪汪。想起来亲戚说的他们杀这只穿山甲的过程，它在房间里四处乱窜哀嚎，他们很怕给人听到，就奋力扑住，一刀剁了脑袋。

剩了大半罐在冰箱里，热了几次，我怎么都不肯吃，父母也不肯，只好掀锅倒掉。想一想它白死了，又伤心一场。

不吃大餐的自由

前日看到一则有趣的新闻，说马尔代夫一家五星级酒店拒绝为中国游客提供热水，原因是不允许他们在房间里吃泡面。且不论这事儿的真假，光是想着千山万水不辞辛苦携带泡面去度假的国人，我就独个儿在房中笑出声来。

四川胃之于全国，恰如中国胃之于世界，作为被麻辣美食养大的川妹子，我对这种顽固的行为实在再理解不过了。当即在心里附和一句：要是让我去吃食不合胃口的地方旅行，恐怕也免不了塞两盒方便面进行李，当然，必须是红油的老坛泡椒牛肉面。

说到对泡面的热爱，曾有两年时间我以尝遍超市里所有口味的泡面为乐，每当有新品上市，必定挨着货架去找，若有对味的，便会向身边朋友极力推荐。彼时与我同住的女孩笑称我是"泡面姑娘"，甚至有读者知道这一怪癖后携大袋方便面做见面礼来看望我，可见其心之痴。遗憾的是，那数十包东南亚风味的酸辣海鲜面在一次大扫除中被我妈误当作废物无情地丢弃了，为此狠狠伤心了几天。

在我的词典里，泡面是可以和烤地瓜齐名的最具幸福感的食物，深究原因，大概是它的便捷总是能以最快的速度安慰到我空虚的肠胃吧。逐渐养成了那样的习惯，即每到一地安顿下来，先给自己囤上几盒喜欢的泡面，仿佛就此有了安身立命之所，哪怕累得病得不能出门都变得不再可怕。这方面我是个绝对的粗人，非常满足于泡面提供的安全感。

据说真正的旅行应该是每到一地就入乡随俗，尝尽当地饮食，无论滋味如何，才不枉到此一游。可惜狭隘如我，在屡试屡败后，终于决定向味蕾投降——与其花大钱吃一餐难以下咽的"特色菜"，还不如泡上一盒方便面来得自在滋润呢。至少，我知道那面里都有些啥，对不？深记得某次旅行中，小店老板端上一碟黑乎乎的难以辨别的"大餐"时，我执筷时内心的挣扎啊，那叫一个千回百转。

有朋友告诉我乘坐川航的飞机，到饭点时空姐会拿着老干妈挨个问乘客要不要加点酱。我没有享受过此等待遇，不知是不是善意的调侃，但试想一下，如果度假天堂马尔代夫不但不拒游客们的泡面，更主动提供榨菜和火腿肠……哈哈，可不就是皆大欢喜了吗？毕竟旅行是一种享受，这种享受里应该包含最起码的，不吃大餐的自由。

因为健康的缘故，我近年来很少吃快餐，但家里泡面总是有的。有时半夜里饿了，去厨房用牛奶锅煮上一袋，用新鲜开水冲泡酱料，滤掉煮过面饼的油水，耐心地煮，泡面也不是传说中的那么十恶不赦。

　　一个人一盏灯一碗面,坐在寂静的饭厅里埋头苦干,非关节约,其实挺有情趣的。

幽默这件事儿

我是个笑点蛮怪的人,过去看电影专挑喜剧片,现在却刻意回避这类题材,戳不到笑点还被人拼命挠胳肢窝的那种难受,说得难听点儿跟被强暴似的。忘了哪位资深大导说过,喜剧片是最难拍的片子,对此深表同意。

近年来喜剧片市场式微,黔驴技穷到了将压箱底的经典片翻出来一一续拍的程度,可想而知在这种焦灼的状态下出现的产物,无论是《花田喜事》,还是《八星报喜》,新版无不是自杀式的,混乱到惨不忍睹。其中最让人痛心的莫过于《东成西就2011》,豆瓣评分赫然写着3.7,与1993版相比,用狗尾续貂都不足形容其万一。

其实会很不解,拿《东成西就》来说,导演同样是刘镇伟,何以前后差距这么大,让人忍不住想赠一块"晚节不保"的招牌。而早年面如冠玉玉树临风的古天乐,很长一段时间内几乎成了烂片的代名词,自《河东狮吼》以后,每当电影里出现一段着意走调的歌曲,演唱者基本没有第二人。有两次我强忍着性子将自己摁到一部所谓的喜剧片面前，结果总是在呵欠中忍无可忍地直接关掉，看着一个个往日喜爱的演员自毁不倦，心情非常复杂。

难道是因为没有好剧本吗？我不相信。国内外无数默默笔耕的人，大量故事已出版或正待出版。并不是没有食材可取，喜剧经典却再难炮制。许氏兄弟的时代早已远去，星爷的旧片偶尔还有人提起，当冯氏幽默淹没在他后来的大片尘嚣中，或许不久之后，我们能记得起的仅仅只有那些久远的名字。

去年一部《泰囧》大卖，笑声越汹涌，越叫人空虚。总以为喜剧片的表达不应止步于此，正如"喜"无法脱离"悲"单独存在那样，喜剧片里的笑应该是和眼泪共存的东西。如果说《人在囧途》里拼拼凑凑的巧合还能勉强讨我一笑，那《泰囧》的卖力表演滑稽真叫人倍感心酸。不知何故，人们常将幽默和搞笑混为一谈，就我短短的观影史来说，这种传统起源于成龙的动作片，他扮演的东方小矮人总是频频出错、漏洞百出，用摔得灰头土脸来博观众一笑，这是好莱坞式的狡猾。

搞笑的目的很明确，擅用装疯卖傻和笨手笨脚的桥段，只为博人一笑；而幽默却是无心插柳，一句简单的对白一个不经意的动作，偏就点拨到你心中那根弦，有了共鸣自然会心一笑。之所以说幽默比搞笑高级，正是因为这点思索的过程，可供咀嚼和回味，许久之后想起来依然乐不可支，如同好酒越陈越香。相形之下，搞笑的姿态无疑太过讨好，笑过了，难免有种大上其当的懊恼。

还有一种搞笑是自嘲，调侃自己取乐大众，本来无可厚非。台湾综艺节目最擅此道，该风潮传入内地后，进一步被引申成刻薄和互相攻击。讨好无下限，娱乐节目早无法看了。最近网上疯传的小S视频截图，是她一贯大胆出位的言论，因尺度太大，叫人徒增反感。自嘲是后退一步的智慧，俗气更让笑料贴近生活。但正如纪伯伦所说，幽默是有分寸的。当哗众取宠收割了绝大多数观众的笑声，我仍旧期待一种不必曲意迎合的幽默，与低俗无关。

Part 4

耐住生命的凉

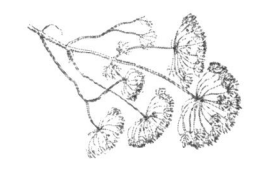

到底流泪了——是的,从前不知道黑暗中能看到许多,从前更不知道,光线会使人目盲。

背阴植物

九月底到十月中对我而言是一段困难的日子。与失眠僵持不下，用眼过度导致常常流泪，因为疲倦，精神处于一种难以名状的出离感中——既非醒着，又非入睡。白日似是梦游，到了夜晚则异常清醒。荒谬的是，这种清醒有如魔怔，我在它的蛊惑之下做出不少非理智举动，订机票算其中一种。

拖着行李去机场的路上，我仍在犹豫是否应该中断此次旅途。三个多小时的飞行，全然陌生的城市，糟糕的健康状况，最关键的是，我根本打不起兴致做任何观光。可惜往返机票不退不改，实在没有浪费掉的豪气，只得硬着头皮上机。

从此地到彼地的途中一直是旅程里我最为偏爱的部分，已出发而未抵达，真正 on the way。本想借着这高空中封闭的狭小空间睡上一睡，偏偏邻座是个年轻女孩，沿途拿一只卡片相机饶有兴趣地拍云朵，光线随她身体轻微转折的弧度轮番刺入，虽有太阳镜遮挡，我仍然不停流泪，仿佛苦大仇深。

不知何时起，畏光越发严重，家中房间常年挂着厚厚的窗帘，只到夜里才拉开透气。偶尔走至日光之下，深觉自己像一只从坟墓里爬出的鬼，只怕转眼魂飞魄散。生活在日照充沛的云南，常备之物有披肩遮阳伞唇膏护手霜遮光镜，从小不喜光，医生嘱托之后更名正言顺地躲避着它。渐渐长成一株背阴植物，唯孤独、隐藏、冷僻，才得自在。

落地便知道自己错了。十月的青岛，阳光仍然灿烂到可耻的程度，机场巴士沿着海岸往前行驶，广阔平静的海像一帧曝光过度的照片，它粗暴地贴在玻璃窗上，帘子很薄，根本无法拒绝。

我仰在椅背，突地懊恼极了，不知道这是哪里，不知道为什么要来。

找到预先订好的酒店，进房间第一件事是将窗帘合上。两年前夏天在北京住院，北方不知疲倦的天光总能成功让我产生大量不快情绪，而我竟然忘了，只为着远距离的浪漫，将自己扔到一座离家千里的城市。正巧手机响起，恋人打电话过来，对我的突然远行表示担忧和埋怨，这一瞬间知觉才算真正复苏，身体上的痛感挟着茫然失措的心情汹涌而来，我趴在床上一通大哭，真真切切的悲伤，就像再也回不了家。

哭累了，好歹睡一会儿，醒来去楼下超市买了一些吃食，打定主意窝在房间，过几天昼伏夜出的日子。

傍晚日落，被当地的朋友领着出去吃疙瘩汤，然后在有淡淡腥味的夜风中走了一段路。北方城市本来夜色萧索，加上深秋季节寒意渐浓，一路上没什么人，我才稍稍愉快了些。和朋友坐在路边长椅上说话，提及恋爱以来躁郁症益发严重，而工作忙碌更致使本来岌岌可危的健康变得不堪一击,这些往日里非常具体的难题真正出口却显得稀松平常,最后自己也觉意义不大,只好收住话题,回房间休息。

夜来了,既觉倦意袭身遍体松弛,又有莫名的紧张。是的,才合上眼一会儿,并没有什么响声,我醒过来。在黑暗中思维空白了两三秒钟,方才记起身在何处。以为远行可以甩脱的失眠和抑郁没有离开半步,此地与彼地没有什么不同,我躺在床上长久地睁着眼睛,其实也很明白,心安之处方得身安。

次日是整整一天的困守,赖在床上看电视剧,靠吃泡面为生。说起来可笑,千里迢迢,不过换一个房间吃泡面。天黑时去了栈桥,海上风大,夜游的人竟也不少,走至尽头在一股强烈的尿骚味里勉强迎风吹了片刻,算是尽掉这一日"游客"的职责。打道回府,照例苦熬到凌晨四五点,看着天色渐次发亮。虽是倦极了,思维还不肯消停,在各路来历不明的狂躁抑郁中,疯转到几乎爆炸。

趁日头没上来,又打车去了栈桥,这一次远远便见着旅行团的人,桥上黄色遮阳帽密布,以至于步行重访昨夜的海的念头都消失殆尽,我在路边的石墩上呆坐了一会儿,终于放弃掉规整作息之类的想法,做屈服状回房挺尸。

回想起来,那几日昏昏沉沉地过去,如许多难熬的时刻,一再在夜里感到生活无法继续,一再在天亮时安慰自己万事皆可好转。幽居病中多年,这样的交替再熟悉不过了。酷刑被夜晚掩护着,何其声势浩大,总以为坚持不了,然而总也坚持过来。在医院,在家中,漫长如凌迟的痛苦过后，那一点零星的天光给人平静。

曾经戏谑地用"朝生暮死"来形容自己的生活，每一点生的希望后面都埋伏着死的威胁，可惜死不够绝对，来日天亮，从身体到意志，又要不甘心地活过来。所以有时我爱光和暗，就像爱着生命里充满希望和绝望的每一时刻；也有的时候，极恨它们。

毫无疑问这是一趟苦涩的旅途，对于一株背阴植物来说，任性地将自己暴晒至烈日之下，种种格局都行将崩溃亟待重组。或许日后我能够回忆起来的关于青岛的场景，无非是在夜晚的房间抱着电话向恋人哭泣到胃痛作呕，以及业已黑尽的 18 点，吃完晚饭的我在路边接到远方父亲的电话，他告诉我昆明暮色正好，天边有漂亮的晚霞。

少数一两个平静如死的时刻，是心神寂寂的上午，我走进某幢颇有历史的哥特式建筑，爬上陡峭的黑铁旋梯。逼仄窄小的圆形天台上，阳光杀人似的强烈，我知道脚下是海，不远处是山，但除了一片刺目的白，什么都看不见。举起相机冲着每个方向按下快门，然后小小心心地下去，到底流泪了——是的，从前不知道黑暗中能看到许多，从前更不知道，光线会使人目盲。

芳华过眼

不只容貌,世间一切芳华都是有时效的。如同花开花败,日升月沉,没有哪一件事物能够永恒。为什么想到这一点,因为姑妈的来访。

我的姑妈是个非常标准的四川女人,勤快热情,如一碟川菜那样生鲜泼辣滋味丰富。她会织很漂亮的毛衣,做暖和的棉鞋,交谊舞能够跳到北京去得业余组的银奖,并且做的菜也是极好的。早年街坊邻居但凡有宴客,总会请姑妈去大展身手,那也是我们这批小孩的好日子。仍记得她的几样拿手好菜,酥香可口的脆皮鱼,嫩滑鲜美的麻婆豆腐,香辣诱人的水煮肉片,还有梅菜扣肉、子姜红烧鸭等等。我从小嘴馋,最爱围着炉灶,为的就是那一口热菜刚刚出锅试吃的满足。

姑妈的家庭并不如意,丈夫多年前患了癌症,儿子又是个伤脑筋的淘气包,另外还有个自小捡在身边的养女。她退休前是小学老师,因为负担颇重,平日里做点手工帮衬生活。长大之后我只有回家才能探望姑妈,吃罢她做的好菜,坐在她家干净明亮的客厅里,听她家长里短地碎碎念,有时说到伤心处,难免抽抽噎噎哭起来,然而哭完之后,她又很懂得自己宽慰自己，找些由头来将委屈抱怨都抹平。

谁都说自己的家乡好，可能因为我生于斯长于斯，特别推崇四川女人。网上经常见到各地美女的排名榜，四川女子因体格娇小皮肤白皙而每每提名，但在我心中，四川女子的好和湖南女子的好是接近的，那种烟熏火燎出来的经得起摔打的美，所谓出得厅堂下得厨房，国宴大堂上不了，小家小户的日子在她们的一手经营下，总是格外有滋有味。

因而姑妈来访，我最最记挂的是她烹调的美食，她也依然如故，毫不吝惜自己的劳力，放下行李稍坐片刻就进了厨房。

不知是因为盼望太久，还是记忆出错，姑妈的手艺远远不如从前，吃在嘴里寡淡至极，全然不复过去的精彩。饭桌上我与母亲交换一个眼色，彼此都吃得有点勉强，但见姑妈还是像过去那样，很为自己做的菜而骄傲，很心急地问我，好不好吃。

那一瞬间我突然见着她额头鬓角许多皱纹，借了餐桌上方明亮的灯光看去，原先饱满姣好的面部轮廓也逐一有了塌陷的阴影。仿佛目睹了一场死亡，土崩瓦解似的，我骤然有些伤感，还是告诉她，很好吃。

姑妈老了，和容貌一起老的，还有她的手艺。尽管我们都没有做出明显的表露，但矜持的筷子仍然泄露了心迹。姑妈有了自知，来家里探望的那些日子，到了饭点儿她就磨磨蹭蹭地央我妈去做饭，有时吃着吃着也会叹气说，我现在做的菜真是不行了。然后她仿佛为了证明自己还有存在的价值，就拼了命地为我们做鞋子，擦地板，洗衣服，分担那些本不必要分担的家务事。我叫她不要做了,对她来说反倒像是一种折磨,她会凄凉地说,那我光坐着有什么意义。

  都会老的,都要逝去。日光之下万物都在发生变化,只是某一天,那变化会突然以颓败的状态呈现在眼前,让你不能回避。我知道那一刻的必然存在,于是在三月赏花、四月听雨,尽可能不辜负任何生命的盛开。

人间四月天

　　四月是昆明最好的季节。雨季未至，先遣了一两场雨作为使者，牵绊住呼啸野蛮的狂风，早间空气尤有从远处雪山弥漫而来的清甜凛冽。白日骄阳灿烂，但不灼烈，沧桑的泡桐树繁密了枝头，将城市掩映在一片葱郁的绿色里，人们换上夏装，像音符一样在树荫和阳光间行走跳跃，柔软的风将头发衣裾往后轻轻抚弄，城市呈现出一种迷迷蒙蒙的质感，喧嚣又寂静。

　　接连几年四月我都在医院度过，状况不好的时候，只能躺在床上望着窗外一角天空发呆。我看到它的颜色慢慢从墨蓝，过渡成薄荷糖一样的浅蓝，似乎心中焦灼也被缓缓抚平了一些。情形再好一点，我会下楼，到院子里看看植物，云南光照慷慨，草木竭力生发，稍不留心，它们就长了一天一地。

　　也是在云南的这几年，才真正知道何谓时光缓慢。幽居养病的日子，简单宁静，最平常的风景就是眼前世界发生一点点渐变。我曾经用整个冬天的时间去等待一朵茶花的开放，仿佛无有尽头，直到意兴阑珊了，它忽然于某个清晨开出来，碗口那么大，红艳艳的，安静羞怯地对着墙壁方向，我见了很欢喜，禁不住看了又看。这是生活里的小喜悦。

另一些让我快乐的事情，譬如路遇驮了货物的马儿和驴，它们埋着头，老老实实地蹭蹄壳上的泥巴，脖颈挂了生锈的铃铛，主人一拉，当啷当啷响开。譬如逛菜市，野生菌上市的季节，琳琅满目地铺陈，一篮一篮问价格，雨水少那年，牛肝菌要800元一公斤，逢着气候适宜，新鲜松露也差不多这个价儿。在云南待久了，从前不识的野菜现在成了熟脸，葵瓜尖，酸芭菜，小荨麻，野三七，四月里物种丰富，大伙儿齐齐整整地在篮子里排排卧好，浑身裹着剔透的水珠，一抖便扑簌簌落下来，声响欢快。刚来那阵，我很着迷于苦菜，学名苦苣，是云南人居家常见的东西，看着不起眼，碎碎切了用猪油炒在饭里，说不出有多清香。

云南人吃菌，吃野菜，吃虫，还吃花。花瓣做成馅儿填进酥饼，是来此地的人都要带走的手信，鲜花饼分很多种，有玫瑰火腿，玫瑰松子等等，好像没有听说过谁不喜欢。茉莉花可以清炒，也可以炒鸡蛋，但多是馆子里常吃，家中不常见。初时觉得很有趣，要上一碟清炒，小小的花苞过油之后好看得跟珠玉似的，将满桌世俗荤素都衬得风雅几分。此外还有炒玉兰花饼，韭菜肉末炒白云花，春日里来一份应季的凉拌柳絮，吃的不只是那个味，更是时地相宜的情趣。

开始喜欢多加薄荷叶和腌酸菜的小锅米线，烤饵块时固执地要半咸半甜，几年之后，我两颊晒出红晕，讲话时习惯在末尾加个"嘎"字，分时令守习俗去看越冬的海鸥和公园各种花开，也习惯眯着眼睛对着天空将时间大段大段毫不吝啬地打发过去。我像个地地道道的昆明人，优哉游哉地受用这四月天的和煦温柔。

当然了，我也爱大风起兮的春天和说变就变的雨季。昆明大多数时候是凶猛的，裹挟着一股从林莽间窜出的野性，它的蓝天白云有着会咬人的气势，它的破败和脏乱亦如动物般散漫自得，因着这异常原始的物性，眼前辰光尤为缱绻。前日出院回家，行经老机场附近，车子甫一钻出弯道，我哇地轻呼出声，公路中间的隔离带上去岁新植的三角梅不知何时悄然壮大，轰轰烈烈开了一路的紫红，锐利地袭击着眼球。在昆明，这种高饱和度色调的"惊吓"是平常事。

荷塘夏色

不知道为何总有人将荷花和莲花混为一谈，我虽不懂花，却也很计较它们之间的不同。虽同出睡莲科，莲花是躺着的，姿态慵懒，有若风尘中烟视媚行的女子，柔美中透着一点隐隐的江湖厉色；荷花是站着的，亭亭玉立，端的是大方文静的矜持气质，属于大家闺秀，优雅而不失距离感。

要说风韵，可能莲花更胜一筹，莲叶开一小杈，柔若无骨摊在水面，似沉又未沉，所谓危险的美，总有引人染指之意。然而我自小更爱荷花，爱那种浑然无雕饰的花瓣颜色，以及荷叶的大度。普普通通的水珠，一旦滚落荷叶，非但不被铺开消融，反倒变成了一粒粒发光的珍珠，那份生动，犹如童话场景真实出现。

每年夏季总要去看荷花，不是特定的节目，但你会在有意无意间想起它来，这是一次极其柔和的心血来潮，像探望生活在城市另一端的老友，想起来就去了，不管对方在还是不在。

今年统共看了两次荷，第一次去的时候是个阴天，因为不是周末，天色又凉，公园里别有几分宁静。驱车前往，远远看见塘中一片绿色，心中已是惬然，后停车步行，穿过公园里长长的石桥，一路闲闲散散东张西望，手中捧着半个滚烫甜香的烤地瓜在吃。

湖水被建筑物隔出大小不一的区域，有的塘里水葫芦开了花，有的则只有清清亮亮的一湾水。也看见了莲花，软软地卧了半池，微风中一副懒起画蛾眉的模样，我快步走开，就像避开一个浓妆艳抹浑身香味的女子。前方时不时传来一阵拉琴唱曲的声音，也是无心无肺的人，一时将荷花忘在脑后，施施然循着声音去了。穿过一道月形门，里面有木头搭建的长亭，几个老年人在里面散乱坐着，拉二胡，吊嗓子，竟十分有腔调。亭中另有两三个妇人带着小孩在休憩，居然也是静悄悄的，不似常见的那种哭闹哄喝乱成一锅粥。

于是我也入亭中，在一旁坐下，不懂他们唱的什么，但很喜欢听。就在落座抬眼的瞬间，长亭围栏外一池静静的荷惊呆了我。不知为何呼吸就变轻了，本可以挪动到更为靠近的那一边，探头就可亲近荷花的美，脚步却不肯移动，只得原位坐下，将那些高高低低的绿、隐约可见的粉红悄然纳入眼中。天光微暗，二胡声婉转幽咽，长亭深处似有人影晃动，仿佛落魄戏台，人世沧桑过，唯有那片花海，不忧不惧不知不觉地灿烂着。

有点泪湿，不敢坐太久，一曲未了，漫步往远处去。又在一大塘前看了会儿荷花，未到花期最盛时，它们彼此错落，相隔遥远，唯有浮萍繁密，被一只从荷叶深处游出的水鸭子缓缓划破又聚拢。不由得暗笑自己多心，你看那些荷花，它们不觉得孤独。

  后一次去，非常晴好，蓝天白云下，荷花已有几分残意，倦倦地歪着，有的花瓣已经垂下，露出光秃秃的莲蓬头。很自然地想起李商隐的"留得残荷听雨声"，不知它们是否也在等待一场雨。雨后转凉，收了莲子，晒干荷叶，这一年水上的事务渐告收工，水下藕节慢慢成熟，静待10月挖掘，煲一锅藕汤，满室暖香中，再遥想荷塘夏色，竟已是时光流转，重重又重重。

无路可迷

熟悉的地方不会迷路,在陌生的场所则无所谓迷路。凭直觉胡乱走,对于陌生之途,保持内心的纯白是最好的。它必要惊惧,要慌张,要有抱怨和失望,与此同时才会有惊喜接踵而至。

我在深夜的丽江乡下有一次货真价实的迷路,好像被魔住般怎么走都不对,明明看到不远处的大路上不停有车经过的亮光,朝那个方向走去,却无论如何走不出脚下荒无人烟的田野。索性在路边坐下来抽烟,朋友怯怯地问我们是不是见了鬼,彼时夜空高远,有白色云层快速流动,我说见鬼也不错,是奇遇一番。

写作和走路有一些相似之处,离题和迷路都无法避免,某些时刻对写作来说,离题才是永远的主题,而迷路则成为漫无目的旅人的主线条,长久之后回忆起来,多数会是最为难忘的一种经历。

幼年在大山居住,爷爷奶奶的老房子,门前坡下有迤逦梯田,门后是邻家菜园,清晨时喜欢坐在门槛上看那种大葱模样的植物,顶着水滴般的果实,晨露覆盖,晶莹剔透。背着背篼和爷爷去割猪草,他教我辨认一些简单的草药，用拐杖赶走路边的野狗，将盘踞在路中间的蛇挑起来远远甩开。每个走远路下山采买的日子，路过的农家主人从水壶倒出泡得暖黄的一碗白茶给我，甘甜爽口，是所能记起的最好茶香。

出门的机会十分有限，山中寂静单调，又没有电视可看，最常的打发是沿着田埂走耍，掐掐花儿扯扯草，一群水鸭子不知从哪里杀出，据说专咬人腿肚，我吓得狂奔一气，忽然田间全静下来，鸭子们不知去向，我惊魂甫定地站着，只见四周暮色苍茫，村屋远远掩在竹林深处——我跑出太远，迷路了。

放声大哭，盼望着有人能听到我的哭，带我回家，我的嚎哭在山上很有些名气。哭得累了，天快黑了，爷爷终于找来。趴在爷爷后背睡着，隐约听到山间狗吠，迷糊睁开眼睛，黑暗中点点的灯光和半空中闪烁星辰相逢，分不清在天上还是在山谷。

流连城市的日子，白天黑夜，在千篇一律的繁华街市上走过，灯火晃花眼睛，每个路口都会习惯性犹豫，该往左走还是往右走，最后凭着直觉，有时走了老远才发现错，又咬牙忍耐地走回来。迷路变成考验，一个人迷路时的反应，是验证其心智成熟的标准，成人世界的游戏准则，是敢错敢当。我不怕迷路，就怕没带钱。歧路走远，没有谁能够立即出现带你回家，但钱可以，招下路边的计程车，钞票轻描淡写地开释了迷路者的疲惫和无助，只是你会发现，你很少再需要任何人，也很少有人能在你需要时准确地给出回应。越孤独的人越不会

"迷路"。

还是丽江，牦牛坪，那天雾很大，车上除了我只有两三个外国人，山道崎岖，道路被雾气弥漫，能见度很低，很少人愿意在这种天气里出行。山上极冷，破败的栈道这端有个干瘦老人缩在屋檐下烤火，木炭间或发出毕剥一声，廊柱边青烟绕梁而起。裹紧外套沿栈道往前走，鼻腔被空气刺痛，脚下木板嘎吱作响，两只黑羊在木栏外啃食着浅浅的草皮。往日看得见雪山好景的方向，现在一片磅礴大雾，外国人走得快，倏忽就变成小黑点，空气回传着他们骇笑的声音，也渐渐弱了。极目之处，空寂寥廓，而我并不迟疑，只慢慢地走入雾中。

全城停电

刚到酒店,大雨就噼里啪啦地落响了。虽落雨,还是闷热,我关了空调,没几分钟又不能不打开。这便是故乡的夏夜。

自从去年父母萌生落叶归根的念头,回老家买了套房子,这几月忙于装修,来回已经跑了数次。住在亲戚家始终不便,于是酒店成了半个家。我洗了澡,轻车熟路地从抽屉里拿出吹风机吹头发,坐在窗边的沙发椅里喝开水,雨越下越大,有朋友发来微信,语音信息几乎听不清。

噔!陡然一声巨雷,房间黑了,黑暗中萎熄的空调仿佛还发出叹息般的颤音。我呆坐在原位,窗外,人们的惊叫也萎熄了,沉沉雨幕封锁着一片无边的黑,唯有南边天空远远有一抹不明出处的红光照耀,大雨中,竟透着些鬼魅。

全城停电,这也是故乡的夏夜。在我少年的记忆里,夏天,总是伴随暴雨,而凡有暴雨,十之八九都会断电。如果恰逢上晚自习,停电总会惊了最胆小的那个女生,短暂的愣神过后,同学们兴奋异常,拿着书拍来拍去，趁机乱成一团。

停电少有即时恢复的时候，于是我们被告知可以提前放学，性子最急最毛躁那些个，将书包往怀里一裹，视死如归地冲进雨里。剩下的人，或等雨势变小，或等家人来接。也是年少癫狂，满脑子浪漫主义，曾有一次我将书包留在教室，只身走进狂暴的大雨，就那样从容地，带着点恶作剧的痛快，按照平常的步伐走回家，开门进屋，先倒出半鞋子雨水，冲爸妈嘻嘻一笑道，我回来啦。

如急速破碎的鼓点，大雨不由分说打在身上，人埋着头，穿过黑漆漆的城，间或一道闪电照亮前路，知道自己正在冲破天罗地网，心情上很有点英雄的孤独悲壮。这时候回家，家就极好，再好不过。

若是在家逢着停电的暴雨天，便意味着一切活动宣告暂停。电风扇缓缓停止了摆动，湿重的空气未能将凉风送来，翻箱倒柜找出几节烧过的蜡烛点了，茶几上放一支，柜子上再放一支，一家人对着跳动的火光闲聊杂事，九点多钟就有了困意，却还努力撑着。电视屏幕静静反照出蜡烛的光，大概不会来电了，可突然，电流通过电线轻微的动静，人们"喔"地欢呼，一种声音追着另一种声音，追着光，电来了。我们蓦地又欣喜地置身于光亮里，电扇已经默默开始了它的工作，吱嘎吱嘎的摇头声音，倒是立即就被光亮所覆盖。

大多数时候，来电了，不意味着立即有电视可看，广播局的光缆好似很脆弱，每每打雷，总有被击断的凶险。妈妈不甘心地一次又一次打开电视机，没有，还是没有。悻悻然去睡。人真是奇怪的动物，明明睡觉不用开灯，可是在有电的黑暗里，睡得特别安稳。

　　眼睛习惯了片刻，房间的陈设如同从水中浮出般再度逐一出现轮廓，我依旧歪在沙发上，额头已渗出薄薄的细汗。酒店总归不会停电很久，我想，果不其然，五六分钟以后，一切重归光明。外间大部分建筑也亮起来，对停电习以为常的人们，好多都有自己的发电机，而我对往事的怀想，在LED射灯重新启动的瞬间，幽灵般，倏地隐身，逃进了一窗夜雨。

声音

  上周回了趟老家。见到亲戚故友，少不得应付周旋，将平日一个月所说的话在几天内倾泻出来，呕吐似的，那感觉真不好，回到住处后周身疲惫，胸腔好像被挖出个大窟窿，无数鸽子扑腾着翅膀飞走。

  一个人和自己待的时间多了，说话这件事就变得困难，不会说，不想说。遇到不得不说的关头，仿佛受到掠夺，强行输出，往往词不达意。相比说话，我更习惯于听，最日常的生活中，声音构筑着我的世界。

  每天清晨六点，我听得见楼上邻居的手机放在床头桌上震动的声音，嗞——嗞——当我这样告诉别人时，他们说我的神经已经发达到铺满天花板。接着是难以形容的，徘徊于起床和赖床间的动静：辗转身体使床动摇 / 掉落某件东西到地上 / 费力摸索拖鞋然后趿拉走动……人们很少在这时谈话，清晨是鸟雀交谈的时间，它们在某棵树上交头接耳，与此同时，早班飞机撕开云层，风的燕尾被剪开后迅速合拢。如果是别的城市，能听到叉头扫把划过地面的刺啦刺啦声，落叶和垃圾收归一处，城市被悉心整理，但这里是昆明，清洁工们八九点才开始工作，那时，声音注定被车水马龙掩盖。没有扫地声。

上午总会有两次叫卖经过，一次是"官渡粑粑，两元一个"，另一次是"凉面凉粉凉皮"。车辘辘沉闷地轧过地面，几乎没有声音，手边做着事，这吆喝是潜入式的不知不觉，总算反应过来出去叫小贩，却见那人在日头下骑车走远，而声音也逐渐在画面里淡出了。多多少少有点超现实主义，慢两拍，做梦般恍惚着，又走回桌前坐下，只听见"啪"的一响，不用回头也知道，是送报纸的人来过了。

孩子们的脚步是踢踢踏踏，和着天真懵懂的嬉闹。女郎们则踩着高跟鞋，鞋跟接触地面极窄极清脆，快速，无言。男士们身上多有钥匙相互撞击，伴随着一声咳嗽，心事重重地走过。有时长久没有路人，依然要忍不住回头去看，哦，是风吹动了枇杷树的叶子，是阳光把万物的阴影抖落到地面，是宁静与宁静在低声呢喃。

最吵闹是午后，人还没从午睡中清醒，工地上水泥罐车已轰隆隆地破窗而入，楼下窗帘城的老板讲话用喊，似乎徒劳地想要刺穿胶着的滚烫的空气。又一架飞机怒吼着过去了，自行车刹出刺耳的吱嘎，拉货的板板车丁零当啷地停下来，嗯！嗯！嗯！往下卸货。交谈声变低了，浓稠了，浑浊了，呼吸有点吃力。过于喧嚣的夏日午后是一场缠绵低热，直烧得人头晕胸闷。

买了一支录音笔，记下最多的是下雨。狂乱的雨点和年轻人放肆的尖叫，不由分说地砸进心脏的裂缝。我躺着，像个死去多年的人，想象自己成为干涸的土地,成灰的躯壳上,雨劈头盖脸地进行着又一次隆重的葬礼。打开一首忘却多年的老歌,"青春的人儿啊,想象一个人的十年会怎样,足够让许多选择发生,许多人事来来往往……"雨声更大,雷似核爆,我因为一种无法言喻的感动,这样平静地,缓缓睡着了。

位置和圈子

只要进QQ空间和朋友圈,就会生出"无处容身"的感慨,QQ空间上全是各类育儿经,而朋友圈则满布友人们行走于路上的记录,像我这种只能宅在家里的大龄无业女青年,只能选择默默飘过或是酸酸地点赞。

可能是出于孤独的需要,在感慨变老的同时,会怨念怎么真的就没有谁来组个孤寡团吗?毕竟人是群居的动物,我没话可说,围观总可以吧?

QQ上有个很有历史的闺蜜群,成员是我们几个高中时特别要好的女同学,最私密那种,绝不对外。闺蜜里不乏伶牙俐齿的人才,早年没有去投身娱乐媒体界真是可惜了,任何事情只要经她们一转述,登时变得鲜活斑斓如在眼前,非常具有煽动性。有次A小姐开课传授备孕的经验,真是比电视剧还要狗血一百倍,我忍不住连发一串大笑的表情过去,她们说,哈,有人潜水呢!

同学会是最好的八卦培养皿,每隔一年,老同学们总要聚上一次,闺蜜偶尔与会，QQ群就成了直播连线的会议室。其实说来说去也无非是那些，谁又开了豪车，谁又买了大屋，谁年前去了塔希提……我不爱热闹的生活，没有那样的心力去投入，但看热闹是另一说，好歹能沾点地气。

C妹子前天在群里大发感慨：什么叫白富美，可算见识到了白富美。原来她最近回了一趟老家，见了几个从前关系不错的姑娘，其中有一个嫁得极好，好到过着天天吃燕窝，每晚用人奶敷脸的豪门少奶奶生活。在燕窝和人奶的滋养下，可以想见皮肤是何等的细如凝脂。C妹子的生活本来过得不错，也自认颇有几分姿色，一对比陡然势弱，哭天抢地表情夸张地在群里哀号，说自尊心全部倒塌。

这一番渲染，自然引来了另外几个女孩的讨论，我的女朋友们无奈全走的是女强人路线，话说当时，加班的加班，啃面包的啃面包，出差的出差。我是闲着，蓬头垢面地瘫在床上看小说，当然高级不到哪里去。

B姐感慨道，难怪自己最近脸色暗沉，天天加班回家倒头就睡，睡不足又要挣扎着起来上班，怎么就没有旁人的那种好命。我于是联想到C妹子提及的那个女生，念书时没有特别出色的地方，但个头高挑，模样清丽，性情单纯到近乎笨拙，这样的女孩，恐怕天生就是要过悠闲的富太日子。便安慰B姐道，像我们这种吃吃火锅就算过足瘾的命，真要叫天天去做指甲敷面膜，可能也是受罪。B姐连声称是。

所谓人各有命，是说我们在这个世界上，有各自的位置，有各人需要去担当的福祸喜悲。诚然这是我时常用于自我解嘲的一种思路，有些吃不到葡萄说葡萄酸的意思，但想要获得幸福，便只能注目于眼前的生活，并且从其中努力找出些乐子。近来看了一首诗，诗人叫Robert Frost，是个定居英国的美国人。他说："两条路在金黄的林地处出现／可惜我不能同时穿行……总有一天懂得道理／一条路途通向一个旅程……"

　　冷暖自知，理当如此。

有人赞美单身，有人则不

　　转眼之间，我的女朋友们大多都已嫁作人妇，单身者寥寥，不是情路蹉跎，就是奔忙于事业，唯独我是个笃定的不婚主义者。记得大学快毕业时，宿舍卧谈会畅想将来，我们为同室女伴的婚期设计了个先后，后来竟也一一兑现，当时我已有自知，自觉排名垫底。

　　尽管一早就对人生有了不同的打算，也难免偶尔感到寂寥，随岁月更迭，打开 QQ 好友空间，看到的不再是一张张顾影自怜的非主流文艺照，也不再是拎着行李箱独自出行的孤单的风景照，而是婚纱，以及孩子、孩子、孩子。我的女朋友们，不再写长长短短抒发心情的日志，或者就算有写，亦是孩子成长日记、家庭生活牢骚等等。

　　看着看着便意兴阑珊，即便是最最倔强文艺不肯从俗的女孩子，一旦结婚生子，那日子与面容一起，迅速地往烟火人生漩涡处滑去。照片上的她们有点发胖，签名档和微博变得唠叨，说不尽的家长里短，当然仍是可爱的，有生活的温度。

　　我的寂寥非关对另一种生活的向往，甲之蜜糖乙之砒霜，同一件事物，可以称之为热烈丰富，也可以称之为水深火热。仅仅是寂寥。这种心情就像一同出发的旅伴渐渐走向不同的方向，她们浩浩荡荡走在大路，我沿小径徐徐往前，蓦然回首，发觉同伴不知何时早已散尽，我们曾经那样真切地参与过彼此的人生，然而逐渐变成彼此的旁观者，喜悦与悲伤都不再发生共鸣。

这是人生中难以排解的孤独。我无法告诉我的女朋友们，当我独自站在黄昏的湖边，面对渐渐暗隐的山色，湖面栖息的白鸟随波澜微微起伏，那种饱含惆怅的愉悦时刻；也无法在看到一首美丽的诗时按捺不住激动要打给谁朗读一遍。与此同时，我知道她们不会与我分享第一次听见孩子叫妈妈的幸福感，不会告诉我当她们做好一桌菜在灯下等丈夫回来共食的脉脉温情，更不会同我说今天手气不错，牌局大杀三方。

我们如此明白对方，以至于走向不同的分岔路时，姿态都有些决绝。

一起长大的女孩中，前年嫁了一个，去年又嫁了一个。我在旅途中接到电话通知，竟一时哽咽，心情犹如母亲嫁女儿，安慰、感慨，也有很多不舍。长夜里记忆往事，一遍遍梳理成长的脉络，其实分别早已写就，又有谁，能够陪谁到最后呢？我们清醒明觉，理当给对方祝福，放手看她走远。

就在两个月前，女友中最最亲密的那个也嫁了，嫁得并不很好，但生活这回事，所得所失，无非各人甘愿。婚礼定在10月初，我一直为回不回去参加而踟蹰。想必与会者众,却非我同类,总还是那些恨铁不成钢的长辈和携家带口发福世故的老同学居多,于是最大的可能,即沦为他人眼中的异类或可怜虫。这种尴尬,是大龄单身女青年的普遍烦恼,但我们爱自己的生活,有选择就有代价。走在大路的她们,实则也是一样。

不久前的一天,坐车穿过大半个城市去北边看电影,小众片子,只有极遥远的那家电影院在播。影片叫作《有人赞美聪慧,有人则不》,讲的是两个小孩子一起过暑假,一个学习很好,有点老成,一个成绩很坏,可爱活泼。于是想起我和我的女友,我们一起长大,我们那么不同,我们做过太多次关于未来的设想,然后终究在这浩瀚人生中饱尝滋味各有所获。

必先正名乎

刚到省城念书那会儿,我有股想拨乱反正的莽撞劲儿。尤其在食堂里吃到鱼香肉丝,发现居然是由莴笋丝木耳丝胡萝卜丝和肉丝混搭而成,深有被糊弄的委屈感。我端着饭盒,气鼓鼓地扒拉来扒拉去,肉呢,肉呢?

学校食堂从来不是良心企业,不花钱的例汤里看不到一颗油珠,因此推测鱼香肉丝也是食堂文化的表现之一,后来发现学校外小饭馆里的鱼香肉丝也一样,不由得向身边人传播该菜的"正宗做法"。

鱼香肉丝只有肉,泡椒和泡姜切碎,肉丝用淀粉码好,油热后下豆瓣酱,略略翻炒后将泡椒泡姜和肉丝一并倒入,起锅前浇调配好比例的糖醋汁,依据喜好勾一层薄芡,装盘,撒葱花。用现在的话说,那叫业界良心,肉啊,整碟子都是肉,想起来就咽一口唾沫。

我眉飞色舞地对同学说着,她却说,你才奇怪呢,我从小到大吃过的鱼香肉丝都有菜丝啊,不是木耳就是青笋,或者冬笋,或者香菇、胡萝卜……那一瞬间真有误入爪哇国、遍顾之下无知音一人的张皇感,只好硬着头皮投奔永远不会出错的土豆烧排骨。

念书的学校在成都郊区，规矩甚严而条件甚是落后，四川的冬天，冷风裹挟着细雨像暗器一样密密刺来，出完早操后回宿舍拿饭盒再去食堂，动作稍慢便只剩冷掉的馒头。和恶劣环境斗智斗勇的过程中，我学会了周末去超市扯大把塑胶袋，早上跑步时塞到裤兜里，这样就省掉爬宿舍楼的时间，可以买到热乎乎的肉包子。

午餐晚餐通常只有两荤两素供应，我吃了不知多少土豆，再不肯碰那半生不熟的"三丝混炒"，当然也不再同人辩驳，以沉默守卫着一个小镇姑娘没见过世面的自尊心。

那时去别的学校找老同学玩，最羡慕别人的宿舍有独立的卫生间，以及供应各种菜品的食堂。有一年在阿坝师专，夜间我们几个女孩子从操场上跳完锅庄往回走，11月的川西高原，呵气成白，天有寒星点点。不知是谁提议去食堂吃锅子，当下调转方向，径直从后门进了厨房。相熟的老板正在收摊，听我们说想吃，立即鼓捣出热腾腾的一锅来，我们围炉取暖喝酒吃肉，到深夜才且歌且返。回到成都后，很久我都在想念阿坝师专的食堂，后悔没有考到汶川去。

学校生活清苦，不知旁人感觉何如，我是尝了个七七八八。多年以后时不时梦回食堂，怎么都排不完的长队，眼见快空掉的菜盆，是青春期留在身体里面难以平复的焦渴。还有，我一直对鱼香肉丝有种难以释怀的执着，性情本来憨直，一旦交了嗜吃的朋友，捞着机会就会告诉别人我记忆中的滋味有多正。一路走一路看，我亦不再是那个被自己的莽撞羞红脸的小女孩了。

  生活在家乡之外的城市，没有再吃到过对我来说最正宗的那种鱼香肉丝，很可能回家乡也吃不到了。每每嘴馋，只好跑去央求母亲下厨。其实心里何尝不知，所谓正宗与否，不过是这个世界最先在我们脑海中植入的那枚芯片，是属于每个人独一无二的乡愁，很多时候唯有循着味觉的通道，我们才能够重返生命的原乡，尽管，它早已不存在于任何角落。

绿皮火车

　　大学时很穷。穷到啥程度呢？每个周末去吃一碗三元钱的刀削面就算至高无上的享受。在黄昏的批发市场等着买被人挑剩的水果，还要做出漫不经心路过的样子，香蕉最便宜，三元一斤。买五根香蕉，一天一根，多的没有。再去副食批发买泡面，白象，七毛。

　　宿舍有位女生和我家境差不多，但趣味不同，到了周末，她选择倒两班公交车去市中心逛女人街，在摆满唇彩和睫毛膏的地摊上挑挑拣拣；穿梭于人潮汹涌的廉价服装商场，走上一整天，买三十元一双的靴子，又或是空手而归。她逛街通常不吃饭，清晨出门，深夜拖着疲惫的步子回来，往床上一躺，和她的七零八碎幸福地昏睡过去。

　　不知是怎样的心血来潮，我们宿舍四个女生，有了一次短途旅行。目的地江油，传说中诗仙李白的故乡。起因大概再简单不过，其中一个来自江油的女孩，无数次描述起家乡的美食。她说走吧走吧走吧走吧，火车票很便宜，住宿也便宜，我们AA，花不了多少钱。

　　一场旅行对于如此寒酸的学生生活来说，会不会太过奢侈？

犹豫再三,拍案而起。走。

从学校奔袭到火车站,已是傍晚六点。本来计划要买六点五十的那班车车票早已售罄,售票员问,明天早上七点半的车坐吗?排头的江油女生问我们,坐吗?谁都没有讲话,忽而有人打破沉默,说,坐吧。

七点半的车是慢车,既没有T,又没有K。车号是8604。我至今记得。走出售票大厅,黑夜早已挟持了整座城市,广场上稀稀拉拉的黑点是席地而坐的农民工。高楼的灯像钩子那样闪烁着撕扯人心,我们似乎都有些后悔自己的冲动,后悔了,却说不出口,各自沉默,仓皇四顾。闷闷地找了个铺子吃稀饭,然后钻进路边空气浑浊的网吧,将原本用于住店的钱买了几个座位。

8604是绿皮的,我们上的那节车厢没有卡座,只有两排木头长椅。我们背对车窗坐下来,显然吃了一惊,对面尽是挑着菜筐、赶着鸡鸭的农人,有的索性坐在地上抽旱烟,彼此仔细打量打量,倒也习惯了对方的存在。新鲜感过去之后,我们循例玩了一会儿扑克,渐渐昏昏欲睡。这趟车开了很久,逢站即停,感觉睡了醒醒了睡,仍旧行驶在不着边际的田野里。同路的女孩子渐渐不耐,想说什么,终究按捺了,只是皱眉望着窗外,神情苦苦的。

我已经知道,这必是一次失败的出走,花了钱而并不开怀,当然有些沮丧。忽而又记起来,这火车很像《人间四月天》里徐志摩去上班坐的夜车,便学了他,安然垂首闭眼,静下来后,心中才略略有了安慰。

当日到得太晚，对于江油的印象几乎为零。江边的烧烤摊，江上的落日，没入记忆深处，散乱丢失于一堆性状模糊的画面。我们住了招待所，因为疲惫，连夜聊都没有，草草洗了脸就睡了，我甚至没有脱鞋。仿佛刚合眼就到了该起来的时候，在路上买了热腾腾的馒头，一人一个捂在手里取暖，眼圈黑黑地朝火车站走去，很埋怨地，再也不肯坐来时那班车。

这是唯一关于绿皮火车的记忆，不快乐。而我想说的是，几年后我写了一个8604的故事，曾经以为毫无收获的经历，其实是有的。

城中村

我在昆明住过两个城中村，日新村与福德村。我租住在一幢自修小楼的第四层，从窗口伸出手似乎就能摸到对面楼房的玻璃。楼下不知是未修建还是已拆迁的残垣断瓦，红色砖头散落的地方，大雨过后长出一茬茬不认识的蘑菇。

喜欢站在窗口久久眺望。其实并不能望见什么，想说的是，在城中村，经常让人有不知身在何处的恍惚感——这里比我的家乡，还要更接近家乡。

租屋很便宜。瓷砖崭新的楼房，三十平方米带小厕所的房子，一个月租金不过400元，如果你愿意，可以在夹出的过道里用电磁炉做简单的饭，总之一个人住是再实惠不过。当然门窗是粗劣的，稍稍重力一拉，便抖得咔咔直响，门锁咬合得很勉强，像牙床萎缩之后，装了不服帖的活动假牙。住下不久，小偷来了一次，临时居留的地方自然不会安放任何值钱的东西，失窃了抽屉里用橡皮筋扎着的一沓块票、一台二手的DVD播放机，以及一只两百多块买来的电磁炉。

在这样的房子里住着，不能产生类似家乡的归宿感，但我怀疑乡愁的本身实指漂泊。我开始夜里不敢睡实，稍有响动就惊醒过来，枕边放着菜刀，随时准备搏命似的，要保护自己仅有的菲薄财产。事后想起来，真是一种颠沛流离的心情。

除了米线店川菜馆之外，城中村里有几种店很多。旅店，也是自修小楼做成，小小的登记室外面立着广告牌，数张放大的彩色照片郑重其事地划分了单人间、大床房、标间、豪华标间。标价一般不会超过120元／晚，事实上40—60元就能拿下，有的房子还很新，给人很划算的错觉，然而这样的房子热水系统通常依赖于太阳能，质量不好的太阳能使热水时续时断。

药店。城中村里通常没有配备医疗设施齐全的医院，药店和社区门诊是人们解决头疼脑热最便捷的途径。不需要医生证明就能买到抗生素，在这里我也无师自通地发现了，在那些突然窜进店里的鬼鬼祟祟的青年里，不少是购买注射器的瘾君子。有一次我发烧，在楼下的诊所打吊针，护士扎针的技术很好，我问她薪水多少，她嘴一撇，道，千多块，少着呢。

情趣用品店的密集程度曾叫我吃惊。那些半开半掩的门面是不高明的谜题，永远幽暗的光线，隐隐透露出廉价的粉红，玻璃门上的各种海报欲盖弥彰，一半为了遮光，一半为了宣传。每当夜晚降临，走在小路上偶尔被浓烈的香水刺了鼻，你醒悟过来刚才擦身而过的那个貌不惊人的中年女子就是传闻中的站街女，回头去看，她正趋身向一辆富康车，试探的姿态，极易让人误以为在招"黑的"。

一天我去旧货市场买沙发，转了很久都没有看到合意的，意兴阑珊地准备打道回府。骤然回头已是黄昏，不知何时货物盖上了大的塑胶布，女人蹲在门外的空地上用一只电烧杯煮晚餐，送货的贩子们回来了，小心地将三轮车邀进巷道里……天色暗蓝，我站在那里，心中充满亡失感，仿佛回到某年某月某日我所不曾体历过的故乡的往昔，层层围拢的旧物和它们所散发的气味，永无休止地掩盖着一切。

百度百科上对于"城中村"的解释是这样的：从狭义上说，是指农村村落在城市化进程中，由于全部或大部分耕地被征用，农民转为居民后仍在原村落居住而演变成的居民区，亦称为"都市里的村庄"。从广义上说，是指在城市高速发展的进程中，滞后于时代发展步伐、游离于现代城市管理之外、生活水平低下的居民区。

我想，"游离"二字很精确。

我在昆明，三月一日

素来不喜欢网友动辄点蜡烛，以为那是最无用的形式主义，实践过程轻松到可耻。

那日火车站出事的消息在网页上一闪而过，我正在码字，扫了一眼，大约是夜里十点两分。当下不以为意，只想着是普通的斗殴事件。等到十一点写完东西再去打开微博，网友的蜡烛已呈铺天盖地之势。赶紧离开电脑去客厅里同母亲讲了，彼时父亲在外办事未归，我们又立即打电话给他，门锁一响，却是已经回来。

一直在电视机面前守着，在央视新闻频道和云南省市各个频道之间切换，没有看到前方报道，我只好不停拿手机刷微博，随时向父母转述那些真假莫辨的最新进展。死亡人数在3上停顿了很久，然后突然飙升到27，我们当即傻眼了，意味着那些尸体可以密密麻麻地摆满眼下这间屋。

无人入睡。朋友纷纷打电话发信息，问是否平安。我一一回复全家都好。心情却是十分恍惚。有人建议我暂时不要去闹市，更有人说要注意用水安全谨防投毒。一时间竟有风声鹤唳草木皆兵之感。曾经很多次用到过"恐怖"这个词,现在突然很近地体会着它,就像在绝对的黑暗中瞪大眼睛,却一点也看不清周遭是什么。

第二日晴,春天风大,狂吼着似要将窗子拍裂。往日听着只觉烦躁,如今都是悲怆意味,我没有出门,不事生产,唯一能做的事情就是不停刷新网页。此时电视台已有报道轮播,父亲的朋友,一个平日里很熟悉的叔叔在接受采访叙述前夜情形,是他救了那个姓谢的火车站派出所所长。这段画面没有打开光亮,更将周围的黑暗朝我们拢紧了,原来是这么近,近到不可思议。父亲破天荒地早早回家,三个人吃了饭,呆呆地坐在沙发上。母亲不时感慨:还是我们老家那种小地方好。

许多人去献血,许多人去献花,厄运是一件很奇怪的事,能够在最快时间里激起人们的正念,尽管我不是热血青年,看着那些无辜受害的人,说不难过是假的。之于个人命运的必然性,放诸芸芸众生则是如此残酷,什么选中了他们?何时又会选中我?深想想,真是苍茫。所以母亲也说要去献花,我很理解,此时此刻,相对于内心磅礴的虚无,形式主义不是那么面目可憎了。

诚如著名战地摄影师卡帕所说,"如果你拍得不够好,是因为你离得不够近"。恐惧,感动,悲伤,无一不是如此。

故地重游汶川

　　车子过了汶川，刚从映秀下道，闯入视线的破碎河山，用触目惊心一词不会错。这是我第一次到映秀，显然错误估计了它的现状，没错，我无耻地以为震后灾区因为有庞大的救灾资助，保准已建设起欣欣向荣的美丽新生活。看来并非如此。

　　微博上曾经有个接龙游戏，规则是用三个字表明家乡在哪个省，我在一堆"肉夹馍""煤老板""黄鹤楼"后面填了"512"。这个答案符合三个字的要求，比文字更简要，内涵深刻，当时简直为自己的机智有些飘飘然。我是四川人，可能并不富有同情心，未为那年地震流下过一滴眼泪。彼时我正住院，连续高烧两月，躺在床上，病房里电视台滚动播出的救灾新闻，母亲跟着画面不停哭泣，我茫然只知有大的灾难降临，却无切肤痛楚。离死亡很近的时候，人心里空空荡荡，我只记得，去过那城。

　　差不多十年前，从成都坐车到汶川需要10小时，我天未亮去茶店子车站买票，六点摇晃出城。过了都江堰，路变很糟，我打瞌睡在玻璃上撞疼了额头，睁开眼睛，外面是铁灰色的土地，掰去穗子的玉米秆群群立着，蒙满了灰。好似世界末日冷漠地嵌在窗外，我舔舔嘴唇，口苦舌干，继续瞌睡。

一场出行没有给地震和我之间建立起多少联系，震惊世界的灾难发生后，我捐钱，叹息，感动于网络上看到的动人故事，但我不觉得痛，只道是天地不仁。这种自以为是的超脱，以及玩接龙游戏的暗自得意，在踏进映秀的瞬间土崩瓦解。平凡如我，一切淡然不过因为离得不够近。

尘土飞扬，道路崎岖，我们疑心走错了，苍穹下阴森森，一辆别的车也无。窗外是连绵不断的伤痕累累的大山，仿佛壮汉受了重刑，筋骨赤露，面如死灰地坐在路边，河水敷衍地流淌，盖不住破裂的河床。昨日如在眼前，我深呼吸，仍抵挡不住内心的冲击，贴着玻璃喃喃道："这是大地的伤势。"

驶了好长一段，才见到有单腿拄拐的人沿河而走，停下来问他地震遗址的方向，他厚道地笑笑给以说明。想必是见过太多这样来访的人，车子开走了，我问，他会不会是地震时受的伤？同伴说多半是。忽而觉得刚才问话好笑，何处不是地震遗址，沉默不语的土地，瘸拐行走的人。

过了桥，五分钟就到新建起来的小镇镇口，几个警察在路边抽烟聊天，除了我们，还有三五个来访者。新社区如电视上演的，一幢一幢特色建筑并排而立，就像任何一个精心规划建设的新型旅游古镇，整齐，干净。只是非常安静，明明有人守着店铺，甚至招揽生意，我还是立刻被一种古怪的死寂抓住了。真的，一点都不夸张，能够感觉到许许多多的灵魂在静默地掌管着这方世界，他们，仍是这片土地的主人。

在漩口中学，面对下沉一半的教学楼，坍塌的宿舍楼，房子里的东西都还在，没有救出来的学生还在……鸡皮疙瘩起了一层又一层，不是害怕，更不是肉麻，只是触动，以及痛楚。我难以拍下一张照片，也无法说出一句话，只是走过，灵魂某处，剧烈痛着。

那年汶川一游，只停留寥寥几日，我记取了大山与蓝天，难看但甘甜的斑点苹果，夜里璀璨的星空和空气冷冽如霜的清晨，没看够，离开时说的一句话，"还有很多地方没去，有遗憾，是为了下次再来"。我却不知，下次是这样，沧海桑田。

大雨迷城

我们错过了河内最好的季节。三月中旬，雨季已至，大雨滂沱中撑着伞沿街去寻找可以换钱的银行，所到之处大半都是摇头。她们只换美金。不觉半身湿透，第一次在异国他乡尝试身无分文的滋味，这城市遍布银行和旅行社，三五步就是一间，怀揣中国招商银行卡的我们却举目无亲，走了好远，才在一处街角不起眼的蓬下见着熟悉的中国字。

来不及去核对余额计算汇率，虽然在网上有见过人提起国外的提款机有胡来的现象，可是本来不擅与数字打交道，更因为饥饿头晕目眩。揣着越南盾直奔街对面的一家店，向老板娘比手画脚要两碗米粉。她叽里咕噜说着什么，听不懂，然后见她从兜里掏出纸币对我们比画，两万五越南盾一碗。我们连连点头，已经快饿死了，哪里管得了几万越南盾。

米粉上来，细白的粉，淡黄的汤，漂着几缕鸡丝、几缕新鲜的红辣椒丝，另外有一只同时送上的碟子里放着青柠檬片。一股清香扑鼻而来,我们依着本地人的样子将柠檬水挤入汤粉中,稀里呼噜半碗下去,总算有精力去打量身边的小店和人。

七八平方米的小店,一半家什放在门口的台阶上,当我看到那只外面挂着手写"CAFE"字牌的铝锅,才突然领悟到这湿漉漉的雨气中夹杂的气味是咖啡香。咖啡之于越南不是高雅的象征,就像中国的盖碗茶或者早些年的玻璃杯装凉水,咖啡在这里是一种市井之味。我们吃米粉的时候,有个当地男人走进来要了一杯咖啡,他倚在门边,一面和老板娘说话,一面小口小口地将那透明塑料杯里滚烫的咖啡饮尽了。

越南女人如同传说中的那样清洁美丽,头发绾在脑后,黑衣布裙,在门口搅汤择菜。这店里有两三个女人,一个像妈妈,另外两个进进出出比较年轻的应该是女儿。我看着她们的脸,非常耐看,线条略硬,平静中显得坚毅。这种与年龄无关的沧桑,让她们看上去又是温柔的。很想和她们多说几句话,无奈双方的英文都不够用,只好一再道谢,说米粉真好吃。

打车去还剑湖。大雨中的还剑湖绿得像一场不肯醒来的梦,我们沿着湖边散步,人很少,偶尔有人大步掠过,总是金头发白皮肤。湖的另一边是木偶戏院,计划中本没有这一项,无奈雨太大,无处可去。

整场表演在水中进行。那些小人跳来跳去,灯光幽暗,音乐诡异。木偶戏不好看,想潇洒地披一件雨衣去老街乱逛,询问价格,雨衣贵得咬人。无论如何要为一件雨衣付上几十万盾也是太奢侈了,商贩坐地起价，我扭头便走，谁知不争气，一回身就踏进水坑。鞋也湿透了。朋友提议说我们回去吧，我倔强地摇头，不知和谁赌气，偏偏要在这大雨中，在这破破烂烂的蜘蛛网般的老街里发了狠地走，我想把脚上的那阵疼痛踩死。

一幢幢矮小独立的殖民地建筑，像苔藓长在这个城市的皮肤上，它们有的玫红，有的哀蓝，有的柠檬黄，有的海藻绿。都已褪色，要很仔细看才能发现里面仍住着人，大部分开成了客栈，收留一个又一个不安分的过客。

踩着湿的鞋走路，好几次穿进同样的街道，兜转往返中，天暗了，街边的香水店里传来忧郁的越南歌曲，我看过那些香水，每一瓶都香得不像真的。后来我们裹着一身杂糅的香味回酒店，夜雨没有停。大雨中的房间如一艘船，外面是海，我们在静止中漂泊。

怀旧照相馆

前些日子为了办签证,我四处搜寻可以拍证件照的地方。开车晃荡了两个比较旧的街区,才在很不起眼的角落看见照相馆。柜台前无人,覆着薄薄的灰,一侧墙板上贴着一些尺寸和背景色不同的样板照,仔细看是同一个小姑娘,兴许是相馆主人的女儿吧。

站在那里等了两分钟,有个女子匆匆从隔壁过来,短发,微胖,神情木讷,问我拍什么。我说办签证用的。她哦了一声,便将我引进里间拍照的地方,这时又有别的人来取照片,她便先去招呼。

因为太久不到相馆,我饶有兴趣地四处观察起来。影棚门口悬挂着镜子,供拍照的客人整理仪容,还是那种非常老式的红色塑料边框的圆镜子,我本打算梳梳头发,却见那把梳子腻满厚厚的污垢,像是几百年没有洗过,忙不迭扔回篮子里。另一侧挂了排勉强可以称作婚纱的服装,钉子上垂了红的白的头花,全都脏旧到极点。我环顾四周,灰头土脸的公主裙和玩具熊,黑漆漆的婴儿车和拨浪鼓……最后发现只有傻愣愣地站在屋中央比较稳妥。

拍照的过程很快,我坐在一张白色背景布前,经那女子稍作指导,半分钟没有便算搞定。我拍好之后还有一个女孩子来拍,也是咔咔两下完事儿。摄影师将相机摘下,记忆卡取出,塞到电脑里用 PS 修片。

眼见她将我方才拍的照片调出,原始画面草率到惨不忍睹,我在旁低呼:这么丑——摄影师不以为然,将照片上我的皮肤美白美白,肩膀左右拉拉,再用橡皮擦将头发不安分散乱的部分通通抹掉,最后整个人抠到一块超级白的背景上。齐活。我很久没拍过证件照,真是被她这套熟练的动作弄得目瞪口呆。好吧,凑合能看,也不能要求更多了。我心想,早知自己在家拍了修片,比她处理得还好呢。

现代化的东西有时真是简单粗暴到让人泄气。过去拍照须得整理着装正襟危坐,姿势调了又调,因为胶片机一旦成像则不存在修正的可能,等待取照的时间也会由于心情的紧张期待而变得尤为漫长。数码相机和 PhotoShop 将这些过程通通消解了,说起来,只要 PS 技术够好,影楼连化妆师都可以省掉。

拿着比快餐还快的照片走出相馆,回头再看一眼那些脏的旧的陈设,相反觉得它们比那台电脑有意思多了。它们或许不能作为真正的道具去使用,却多多少少还原了一个矜持的年代,在城市的犄角旮旯里为我搭建了一处穿越时光的场所。在我很小的时候,有个夜晚,我的母亲因为和父亲吵架心情不快,郁郁寡欢地出去散步,她无意走到我们县城一家口碑很好的相馆门口,心血来潮进去拍了张照片。

一直记得那张照片上的母亲穿着水红色衬衣,头发绾了个髻垂在脑后，她侧身坐在白色沙滩椅上，膝前抱了只毛茸茸的玩具狗，眉头轻轻蹙着，忧郁又美丽的模样，并不刻意地盯着镜头。那时候，拍照是春节才会做的事情呢，因此我觉得母亲好特别，现在想来，这样的举动亦代表着取悦自己。和现在相比，过去的快乐实在易得很多。

Part 5

梦里出现的人,醒来就要去见他

就像半生的忙忙碌碌或许是为了给老来的闲适做铺垫,生活中自有苦闷与落寞,我总以为,那是为了让我们更好地体会何谓幸福。

花儿与少年

  2008 年我住在城中村。租屋的外面是一片拆建中的工地，红砖灰砖杂乱堆着，另有些建筑垃圾。云南的雨季天气说变就变，有日站在窗口吹风，突然一阵大雨筛豆子般从天而降，雨点砸在废墟上，打落瓦砾中正攒头生长的植物，雨气袭得人微微生凉。我抱臂而立，看着那些在风雨中零落为尘的红花，想起久违的故人，以及一些故去的事。
  一直觉得鲜花是最纯粹的礼物，因其美丽，也因其无用。美的最高境界就是无用二字，不具备任何实用性的美，心无旁骛，一心一意。朋友中有人谈恋爱极早，十四五岁的少女时候，追求者每日奉上一束鲜花，一小扎用缎带捆起的红玫瑰，人人都说俗气，连她自己也撇嘴，却终究耐不过这俗气而高调的围攻，很快与男孩手牵手。我在感情方面比较晚熟，对此事抱着漠然的态度，隐隐吃准了少年情事的不牢固。
  早恋是大过错，班上偶尔有一对小情侣萌芽，必然很快被老师和家长无声无息地掐灭。女友交往的男孩虽是外校生，但家乡小城横竖不过几条街，约会吃饭总还是招人侧目。每逢周末他们约我做挡箭牌，我不大情愿，只是经不起女友软磨硬泡，每每跟去做电灯泡。小年轻们的约会圣地多半集中在码头滨江路一带，在夏日河风中走走聊聊，看着夕色西垂，这种情调是我喜欢的。

情侣爱往僻静里走。记忆中有个傍晚，我们沿着倾斜的石阶走到沙滩上，是年的涨水期已至，河岸被河水咬噬得支离破碎，一只破船停在坳口，夜色中如化石一般，极目之处空无一人。这时天色渐渐暗下来，女友和男孩放心地拉着手在幽暗光线中越走越远，我落在后面，脚踩着软软的沙，慢慢走到离水非常近的地方。

河水那么温柔，如同低泣，轻轻动荡，水面若有若无地倒映出滨江路上的路灯，快到河心的地方，蓝色的最深蓝处，我看到有一艘渔船。它应该是在前进，但像是泊着，一点点马达声音都没有，唯有波浪增多的皱纹证明了它的缓慢经过。

是在那个时候，回头寻找女友的踪迹，寻而不得，内心忽然被一阵强烈的难受抓住。我站在那里，前方是河面，头顶是星空，身后是沙滩，世界空旷极了。我发现在这个空旷的世界里，没有一个可以牵手漫步的人。

后来才懂得那种难受，叫空虚，也叫寂寞。

少年人的寂寞。

被这种寂寞推动着，高中一年级时谈了一场仓促的恋爱，对方是个眼睛大大的男孩子，满脸莽撞的青涩，失望开心都写在面孔上，像一本单纯夸张的漫画书。彼时女友的恋情正如我所预料的迅速崩塌，少年情怀的周折起伏，若非绚丽短暂，或许就不那么诱人。我的恋情前后统共维持不到两个月，后断断续续生病，直至休学，两人彻底疏淡了关系。只记得最后一次我站在他教室门外等他，他坐在同学中间说说笑笑，乍一见我，神情立即紧绷起来。

那种紧绷是不愉快的，敏感如我，立即退到一侧阴影里。

许多年后，我常常忘却自己曾经早恋的这个事实。过了二十二岁，母亲总是为了我的感情生活一片空白而嗟叹，我通常不太解释，淡淡一笑，有些故事发生过了却并未开始，而有些故事没有开始却默默发生。人生像难解的谜，因此迷人。我站在窗口想起来的，就是这样一件被风雨吹走的往事。那个大眼睛的男孩子，从未送过我一朵带露的鲜花。

数字密码

我念中学那几年，正值传呼机兴起之时，家庭条件好的同学好些都配了传呼，他们将它别在牛仔裤腰间，故意将T恤塞一半留一半使其若隐若现，倘若不慎衣服遮过了位置，则不时低头看看，就像时时刻刻有人呼他似的。那段时间在他们口中出现的新词汇有"国王""省王"以及一些奇奇怪怪的数字组合，我一头雾水，后来才知是"国网"和"省网"。

在所有盛极一时又迅速衰退的事物中，传呼机可能算是最无聊的一种，它最大的功德是带动公共电话事业的发展。即便下课十分钟那么短促的时间，班上那个素来走在时髦前列的男同学也会狂奔到学校门口的小商店打电话回传呼，就像真有那么多业务可忙似的。尚记得那个同学个子很高，跑起来衣服两角往后散开，身形左右晃荡，得意张扬的样子，在那时的审美里算是非常有型。我和我的好朋友雯经常在后面不屑地送上几个白眼，后来想想都是少年心迹，暗藏好感却不声张。

与传呼机一起流行起来的还有一首叫《数字恋爱》的歌，不是很好听，但是非常讨巧，里面的歌词教会了我们一种新的表白方式，用数字，用谐音。摩托罗拉中文传呼机横空出世之前，所有的传呼都只能用数字留言，常规做法是打电话到传呼台，留下电话号码等机主回复，如果不按常理出牌，则留下暗号般的数字，让机主猜不透。

雯曾经呼过那个男生很多次，有一晚是在我家，父母出差，她来与我做伴。我们聊天到深夜，不知怎的决定开始这样的恶作剧，一次又一次不厌其烦地打到传呼台，给那个男生留下"3155530""7788250"等数字，通通都是照着歌词来的，那时的数字表白，远不如现在的"520""530"那么赤露，可是心情还是很紧张，联想到对方半夜三更被反复吵醒，不由得神经兮兮地大笑起来。次日去学校，果然听见那人气急败坏地向朋友诉说前夜不知被谁骚扰，我和雯相互递了个眼神，抿着嘴努力不笑出来。

等到有了中文传呼机，传递信息的方式更直接，我怀疑"妈妈叫你回家吃饭"这个句式最早就从那里来的，还有"晚上七点电影院门口见""你再不来我就走了""亲爱的好想你"之类，公共平台传递私人讯息，那时的传呼台工作人员恐怕每天都会因为信息而笑到肚子疼吧？有了文字之后，我们的数字游戏差不多被遗忘了，就像文明时代忘却结绳记事，再后来就有了手机，传呼时代的种种以难以想象的速度式微。

因缘流转，多年之后我的朋友雯和那个男孩在一起，成了陪伴彼此一生的人。有次我们再聚,忽而记起那件恶作剧往事,我附在耳边问雯他知不知道是我们做的。雯说不能给他知道呀,那是我们的秘密。而我想到的,是在万物生长和衰微更迭中,我们的秘密,其实只有时间,它真正了如指掌。

一日家常

表叔在海埂公园务工告一段落，明日将返乡，清晨妈妈与我开车去接他，打算带他四处转转。到公园后门时，正准备给他打电话，却见他已站在一公交站牌下，妈妈连忙刹车惊呼，你等了多久啊？他有点羞涩说，也没有多久。

本打算上西山，但天气不好，云厚，视野恐不开阔。我们提起来，表叔说，昨日放工后已与一同事结伴去过，下山时碰到一阵狂暴的大雨。我们便沿湖边往城中方向驶去，高架桥上，远方天空乌云如锅盖压着整个城市，在建筑物之间留下一线刺目的明亮，我喜欢这样的天色，有点像电影里外星人登陆，顺手拿手机拍了几张。

一路闲聊家常，未几，雨下下来。妈妈问表叔的工作如何，回去有何打算。他一一回答。工地老板的苛待，早餐是头天剩下的变了味的夜饭，一天做足十个小时的工，以及工地上前天出事故砸死一个人另有两人重伤，等等等等。表叔是外婆的弟弟的儿子，也就是我舅公的儿子，很亲近的关系。所以也聊了很多家事。说话间经过西山区大片来不及修整建设的矮房子，表叔问，这是郊区吗？我说算是吧。他没批评昆明真破，这一点让我高兴。

近年来家中有亲戚走访，出门闲逛总有牢骚，"昆明真破""房子真矮""公园没有广州漂亮"……我觉得这种比较很土气，城市与城市之间本来就是不同的。昆明发展迟，这种比较就像拿20岁的人和8岁的人比身高，是个人的认知问题。我刚来昆明的那两年，也经常抱怨这是个巨大的城乡接合部，抱怨餐厅服务态度差，住久了，竟习惯了，还生出许多自家人的袒护心情，处处为他们辩解。

绕过高架桥，从巡津街经青年路缓缓进城，打算照例去翠湖晃一圈。暑假里出门不多，今天出去才发现到处都人满为患，本要进公园溜达溜达，虽是微雨蒙蒙，却被桥上拥挤的阵仗给吓到了，停车想去上个公厕，排队者众，而且还没水。我果断放弃，假期公共设施维护不周，这次我也不好袒护。

圆通山外的那条路很堵，好久好久才朝前挪了一点点，等到我们开车到达金马碧鸡坊附近，已接近十二点。计划去吃过桥米线，虽然无趣，总归是常规项目，重在体验。妈妈看到三市街上的M记，顺口问表叔有没有吃过，他说没有。于是又改变主意先去吃吃M。我最近上火，不能吃炸鸡，在旁边买了一笼灌汤包跟去。说起来这家灌汤包我2008年在附近住院时吃过，现在仍开着，味道还行，真叫人感激。

到处人都很多。我们吃罢一点小食，在步行街转了转，正午时分，太阳晒得痛。这才看到表叔，比一个月前来的时候黑了很多。往树荫浓密处走，正义路居然成了个摆摊的大街，我直说惋惜。我是很喜欢正义路的，因为它多多的凳子，多多的树荫。

走一小会儿就乏了，也没什么目的，就驱车往回。

途中说起表叔的女儿今年考大学，成绩不太好，但马马虎虎的学校总是能上一个。妈妈说到时候要办几桌酒席哦，你们家第一个高才生。表叔不好意思起来，说，是啊，我们家就我读过初中，其他人都还只是小学呢。他停一会儿又自语道，我得和她好好谈谈，出来打工有多辛苦，一定要念书才行。

想起那个小姑娘，我没有见过几次，只记得她眼睛很黑很圆，极像我少年时候的一个好友。据表叔说，小姑娘将我和西西表姐（我另一个妹妹）视作偶像，上次特地要了我一件旧衣去穿，说要沾沾灵气。说到这些我是遗憾的，很多衣服可以赠人，但因为自己常年生病，总担心犯了他人的避讳，最后不了了之。

送我回家休息后妈妈去打牌，表叔说要独自去逛逛。他方才问我昆明有什么特产，猜想是要给家人朋友捎点东西回去。他父母尚在，妻子常年在家务农，勤劳朴实，他有三个儿女，大女儿今年考学，小的两个是龙凤胎，在念初中，过几天生日。似乎他婚外还有个女朋友，妈妈听他在路上接电话，淡淡劝他要善待发妻。

我到家躺了一会儿，左右睡不实，索性起来整理了几本相宜的书和一个笔记本，在卡片上写着：

"对于女孩子来说，书是最好的礼物。

书里有广阔的世界。

旧书赠小妹,还望勿介怀。"

用布袋子装好,又觉得太郑重了,自己先羞涩起来,毕竟我们连熟悉都谈不上。大概是遗憾念书太少的缘故,我总这样老气横秋不厌其烦地对小姑娘们以及小姑娘的父母们说:"多读书很好,再没有一样东西,比书更能够给人安慰。"其实我还想说:"你要努力走远。"这个,太太太重了点,不敢说。况且想说的话总是说不尽的。

不好客

昆明是个中转站,来云南旅行的人大多需经由此处去往东南西北,尤其逢着假期,长水机场人满为患,家里的访客也会跟着增多,谁来逛一圈都很容易。

小时候看书上说,有朋自远方来不亦乐乎。我似乎缺乏好客的天分,每每有客来探,总要精神紧张。最夸张的一次,友人提前20天告诉我她们一行四人将赴滇,我计划要请她们吃饭。餐馆选在何处,准备什么手信,逛哪条街,坐哪家茶馆,一一在脑子里跑马灯,偏偏是个选择困难综合征患者,那20天可谓苦不堪言。

老友相聚自然不至于如此紧张,新认识的陌生人似乎也不会太多顾忌,最是半生不熟的交情叫人为难。尽管我只是客居昆明,地主之谊总是要尽的,平常过着不闻窗外事的清静日子,忽然忙将起来,怎么做到热忱周到不失礼节,桩桩件件都成了难题。

见面当日,朋友临了说不能一起吃饭,感觉好似鼓足全身力气准备好赛跑的选手陡然接到比赛取消的通知,松弛之余,竟有点怅然,毕竟我已订好了位置。但无论如何，不用吃那一餐长长的饭是愉快的消息，那日如常在家做了点简单食物，夜里去酒店访友，带去准备好的鲜花饼以及其他小物事，她们说我太多礼。我心暗忖，不过因为紧张。说到底还是不够熟稔的缘故。

熟悉的朋友最知道我，待客之道只有两个字，自便。其实用得上这两个字也就不算十分客，一半是不善客套，性情懒散，另一半是认为喝茶进食这样的事，按需去取是最好的，太主动的给予，对人来说是一种负担。我极反感在饭桌上相互夹菜的动作。推也不好，吃又不愿，只好将它悄悄掖在米饭下层。

我很少去他人家里做客，因健康不好，对吃食比较挑剔，若有我在，主人必定在饭菜上费尽心思，但也只能是尽她所想，于我而言恐怕仍不合适。双方都是牵强。对于推却不掉的邀约，吃饭不必了，我们喝喝茶。

做客他处，把握好分寸极为重要。再亲近的走访，若是话太多，像梁实秋所说，如一只垃圾袋子，一碰就泄出一大堆，总是令人厌倦。待客则比做客要难上数倍，茶水的冷热和多少，零食的种类和时机，话题既不能太晦涩又不好太俗气，过去的沙龙女主人按期举办派对，从脑力和体力的支出来看，都不啻为一次高强度作业。还有深层一些的智慧，譬如位置的安排，不那么喜欢的客人，请他坐去较为靠外的位置，身体比耳朵更容易接收到不受欢迎的信号，悄然离去也是容易的，不会过分难堪。

有两种聚会是我喜欢的,一是彼此相知甚深的友人,在沙发上或歪斜或盘坐着,兴起时无所不谈,谈罢各自蜷缩一边看看书和电影,累了便就势打个盹儿,扯过沙发上的毯子胡乱盖着,不会有人大惊小怪地将你劝进客房去;二是预先定好内容的聚会,见面简单叙叙,到点散会绝不拖沓。前一阵有两个老同学来看我,十年不见,也就是对坐着谈谈零星近况,时间短促,蜻蜓点水式的,我破天荒地没有感到疲累,余味倒颇使人留恋。

　　做客与待客,是理解力的体现,关乎心灵的解放,把握得好,便是一门艺术。

行李箱里的信仰

每次出门前收拾行李，总会犹豫带不带书，带几本书。由于至今没有学会很流畅地在多媒体上进行阅读，有可能的前提下，纸质书籍总是我的不二选择。

纸质书籍的弊端显而易见，太重，占地儿，对于我这种毫无负重能力的情况来说，在旅途中带书，显然不是明智之举。尚记得大学报到那天，行李中除了衣服和日用品，其余是二十几本旧书，引得宿舍女生尽骇然，留下"此人必定饱读诗书"的错觉。其实那几乎是我的全部身家，守财奴似的搬运到学校，无奈宿舍条件太差，没有设立放私人物品的位置，待到假期，又如数带回。

真不能相信自己有过那样生猛的女汉子时光。左手拎箱右手拎包，背后驮了大行囊，在人头攒动里挤车，从学校奔袭到火车站，坐通宵夜车，还能神采奕奕地推开家门。现在却为了区区几本书的重量头疼，不得不从中取舍。

与出发时的郑重选择相矛盾的是，携带的书常常没有阅读，有时是环境不允许，有时则根本静不下心。在路上颠簸了一整天，到住处已累得灵魂与身体分崩离析，这时床和睡眠是真正的恩遇，其余皆浮云。难得有清闲，于某时某地停下晒晒太阳喝喝咖啡，赶紧装模作样将书拿出来做认真阅读状，实际脑子放空，老半天还在同一页发愣。

我是个对环境非常挑剔的人，俗称龟毛，即便在家中，也在固定的几个位置点才能读书，当我认识到自己无论在火车站火车上飞机场飞机上，还是在酒店房间洗手间咖啡店的阅读活动都纯属摆POSE的可耻（装×）行为之后，着实有点惭愧。那一阵差不多放弃掉出门带书这一念头，打算走到哪里发呆到哪里，实在想看书就随手买本杂志再随手留下，然后与时俱进地在手机里下载几本电子书，通常是亦舒之类通俗读物，以供如厕时消遣。

旅途中的阅读不消说是相当奢侈，能够随时随地坐下来进入文字世界，拥有这样能力的人仿佛天生掌管着通往神秘国度的通行证，我非常羡慕却没有办法。我用各种类型的书当作钥匙进行试探，类型小说比较好用，其次是短小随笔，最难的是哲学类……最可也最不可的则是诗歌。诗歌的门，只在很独特的情形之下，才会为我打开。

带书有时，空手有时，阅读有时，玩手机刷微博有时。就像电影有序幕，行前为书纠结是例行程序，如果手边有顺眼的不算太重的书，咬咬牙就塞进了背包，也有的时候，在书架前逡巡几个回合，仍旧不能选定。旅途长短、目的地、同路人，无一不成为考量的前提，我喜欢不必说太多话的旅伴，能给彼此较大的心灵空间。

昨日又乘机，司机走错路，紧赶慢赶，好歹在最后几分钟换到登机牌。我匆匆托运了行李箱，背着不轻的背包小跑，虽然狼狈不堪倒也有惊无险。终于在飞机上安坐下来，本能的第一反应是将书拿出在小桌板上放好，忐忑不安的心情这才慢慢镇定。深蓝色的夜晚正在来临，一种类似宗教仪式的感动在小小的机舱里不期而至，斗胆地说，这一分钟对我而言，每本书都是《圣经》，它的形式意义大过了它所描述的一切。

锦书无凭

写信的人本不多,再加上信常常寄丢,这件事就变得有点像博彩,得失全看运气。因迟迟没有收到朋友寄自台湾的邮件,昨日我又去物管处翻了一通,可惜还是没有。像这样,一年里遗失好些信和卡片,丢了便丢了,根本无法得知它们的去处。

有段时间很喜欢看书信集,过去的人因为没有电话或者不便于通话,写起信来真正琐碎,1971年沈从文从双溪写给张兆和的信里道:"……村子里大致多了廿窝小鸡,母鸡多十分自重样子,极神气的带小鸡四处走去……小羊长大了,已能和小狗玩闹,照行动说来一定是小公羊……"鸡毛蒜皮猫猫狗狗的叙述,虽非面谈,却好似坐在一道话家常,隔了许多年再看回去依然冒着噗噗热气,十分鲜活。这种闲情与耐心现在是没有了。

外国人的信一向写得长,我猜和他们的文字好写不无关系,梵高写给弟弟提奥的信译成中文有50万字之多,他在信里谈论一切,奉上全部的爱、信任、依赖,连苦闷都那么热烈。阅读的过程却使我感到强烈的孤独,年轻的身体,蓬勃的欲望和生命力,但是身边没有一个人理解他,没有可以说话的人。

少年时我也写很多信,除了交笔友以外,同一个班天天见面的好朋友,也恨不得情人似的每天一封甚至几封。后来知道很多人都是如此。青春期是一次漫长的热病,信件无疑很做作,少不得强说愁的肉麻和自以为是,前一阵朋友告诉我她还保留着那些信,顿时灭口的心都有。天晓得写了些什么,只记得那时我善做知心姐姐状,到处替人疏导解惑,想来也只有不谙世事的天真,才有勇气对他人的难处横加指点。长大了,经了一些事,方知大多数时候言语都是极无用的东西,不可说,不必说。

电邮太快,一点踟蹰没有,不能见面的两个人,再无法直述的心事,点击打开当即有种面面相觑的即视感,反应速度将书写的委婉尽数抹杀,所以近年来我还是偶尔写信。有时在旅途中,用酒店房间的信笺写,有时是深夜难眠起身伏案写几笔,有时其实收信人不具,草草写罢,永远被搁置在抽屉散乱的书页里。长久独处的日子,信差不多都是自言自语,且内容寡薄流于形而上,我不敢检视,觉得自己似乎还没有从青春期的低烧里痊愈过来,是很羞耻的。

电报逐步取消,一个个城市,像灯泡逐个熄灭,接下来的会不会是平信、邮戳相继消失?春节时有人送了我一版邮票纪念册,很不喜欢,邮票被框裱起来,无疑失去了它的全部意义。可以想见某一天,美丽的邮戳只存在于 PS 软件的笔刷。和朋友讨论道,这是个断裂的年代，万物发展太快，早年我们熟悉的一切噼里啪啦相继闪退，无法很快适应新规则，却再没有可容身的旧秩序，不知有多少人像我一样，尴尬地处在断层中，至今仍然对新媒体阅读感到非常费力。

方才下了一阵雨，趁空气好，我又去了物管。在一堆无人认领的信用卡账单里找到了我的明信片，它有点脏了，带着风尘仆仆旅途劳顿的神情，所幸平安抵达。

夜机

像很多次那样,我在机场等一班飞往昆明的夜机。

延误,从 22 点 30 分,延迟到零点。偌大的候机室里人不多,深夜乘机的人难免一脸憔悴的神色,我掏出笔记本看了一会儿电影,心神不定,想着今夜,爸妈又要在机场等我很久。

这一年我成了飞机场的常客,为了节省时间,也为了便宜,经常选的是夜班飞机。从成都到昆明一小时航程,疲惫的时候我回家,疼痛极了我回家,孤独的时候我也回家。昆明不是我的家乡,但爸妈在的地方,便是我永远的归处。

病情缘故,近来总有身体难以支撑之感,背着小小的行李走在去往登机口的通道,中途不得不好几次停下来喘气,腿疼得厉害,肿胀明显。疼痛的时候,爸妈身边是最好的栖息地。什么也不必说,什么也不必做,只需要将身体放松,双腿放平。

我像前几年念书时那样,归心似箭。

好容易登机,好容易起飞,好容易在一条长长的抛物线之后,降落于另一座城市温暖的夜。想起来第一次到昆明的那天，是四川湿冷的冬，爸爸在机场接到我，蓝天刺目，白云皎洁。心里突然就活泼起来，仿佛知道这是希望生根发芽之地，是我日后安然长住之地。

爸爸妈妈在到达处接我，两人趴在不锈钢栏杆上，胖胖的，像两只憨厚的熊。爸爸笑我：就知道你走在最后，基本倒数第一。我说没有嘛，后面还有一两个呢。真开心，虽然腿差不多完全拖不动了。妈妈很自然地接过我的背包，和爸爸一起挽着我，两人一左一右地将我"挟持"到车子旁边。一见到他们，所有的疼痛和疲倦都不翼而飞，我一贯话痨，语速很快，喋喋地讲着这一阵工作生活上的趣事。讲了一阵才想起问，你们等了好久，累坏了吧？

在子女面前，爸妈是从来不说累的。正如他们很少掉眼泪那样。他们不说，我也不敢细想下去，只怕一想就要多愁善感。

爸妈问我要不要吃宵夜，我说不吃了，只想回家。爸爸便驾驶着车子往家的方向去。我安静下来，窗外的夜景匆匆倒退，不再说话，心情才算是开始松弛，安全了，稳妥了。

房子是租来的，昆明南边的一个小区，夜里有桂花香，那香气使人慵懒。到家时已是凌晨两点多，困得几乎快用牙签撑眼皮。可是摁开自己房间的灯，不能不喜悦。暖黄的灯光下新铺的彩条被单，地板擦得干干净净，角落里有大袋零食，这些都是妈妈为我提前准备的温暖。回头迎上爸妈的笑容，他们说，回家真好，是吧？我说嗯，好得不能再好了。

就像半生的忙忙碌碌或许是为了给老来的闲适做铺垫那样，生活中自有苦闷与落寞，比如飞机延误时漫长又漫长的等待，又比如独处异乡时疼痛寒冷的孤独，我总以为，那是为了让我们更好地体会何谓幸福。

山长水阔知何处

到蒙特勒时已然深夜，街道上没有人，夜晚是灯光的狂欢，我们驱车沿着莱芒湖边寻找预订好的住处，导航时灵时不灵，兜了几个圈圈总算找到目的地。预订的酒店式公寓属于一个四十几岁的大肚子男人，他说德语，我们只会零星英文，彼此凭着支离破碎的单词交流，竟然也毫无问题。

公寓在顶层，有极大的阳台，侧面便是烟波浩渺的莱芒湖，进门已是累极，放倒行李便去阳台上瘫坐着吹凉风，他们在里面忙着参观房间，忙着惊诧于外国人的不失品位的简洁，忙着搜罗出自己所剩的全部干粮，郑重其事地拿盘子装起来。

于是照片中留下了这样的一个画面，四个玻璃杯盛了杧果汁，中间一碟小方块牛奶饼干，一碟撕掉一半的面包，一碟罐头黄桃，餐布上整齐地摆放了刀叉和餐盘，疲惫而惬意的我们，在旅途中第一次干杯。

夜色华丽，如红酒泼洒在丝绸。虽然身边没有爱的人。因为身边没有爱的人。

必要的孤独远行,心事重重而形单影只。知晓了日子并不是由"快乐"或者"不快乐"去解释,旅途也不是"开心"和"不开心",它是一块浸透了水的海绵,有些沉。

次日慵懒无为,在房间里看书,对着半山的房子画一会儿速写,猜测那高高耸立的是不是著名的蒙特勒酒店,纳博科夫住过的,那里还有没有他的蝴蝶。我终于按捺不住一颗计算的世俗的心,觉得这样的消磨是一种浪费,戴着耳机出门去。

在莱芒湖边,我只是一个偶然路过的人。和许许多多跑步、散步而过的人一样。湖水,鸟雀,天鹅才是这里的主人。拿手机拍了一会儿视频,拍大风将水直吹过岸,拍天竺葵越过雕花黑铁栅栏。坐在长椅上晒着十月的太阳,或者干脆睡一觉亦无不可,远远的草坡上,几个大男孩正在打高尔夫,我想走过去看看,却没有办法,我抵达不了,我年轻的往昔。

不写明信片,不诉离殇与思念,日益如一只盛满水的玻璃瓶,无论怀抱着怎样的情怀,始终外表疏离坚硬。随着年龄的增长,直抒胸臆变得困难,羞于说,懒于说,说也无用。然后寄托于诗,寄托于文,寄托于画,寄托于照片。

人生到底越走越沉默。

"欲寄彩笺兼尺素,山长水阔知何处。"

渐渐地,看着世界旋转,与之保持所谓安全的距离,无心涉足其中。

仿佛一本错印的书，后面半本都是白页，只好一次次翻到前面，火树银花，海角天涯，原不过是一场终究醒来的梦。我们奋不顾身地远行，挖心掏肺地去爱，原不过，是为了这生命，谱写一支可供回忆的旋律。

行中有寄

——在巴黎

仿佛忽然之间,我就在巴黎了。在巴黎,十五区,某条街道转角路口,一间懒洋洋的咖啡店,露天里坐着几个人,阳光铺在门口,我来回走了两三趟,终于决定坐下来。服务生问我要什么,我用英语单词说,咖啡。又用新学会的法语单词,merci,对她道谢。其余的听不懂,只一味对她微笑,摇头。

这会儿是下午五点,国内该是晚上十一点了,或许你已经睡下,或许正倚在床头翻几页书,寂静、舒适、自由,这是你最喜欢的时间段。而我带在身边的书实在太薄,早已看完多时,尽管如此,刚才出门,我依旧将它抱在臂里,走在尽是陌生人种的街道上,仿佛得到一种依靠,一点凄凉的满足。

我下午哭了,你会笑我吗?我只是感到孤独、疼痛,以及无边无际的惶恐。真的,怎么忽然置身于如此遥远的场所,旅店的房间非常小,壁纸是艳丽吃人的红色，床褥也是要烧死人的红，你知道吗？我居然在这样法兰西式的夹击下，瞬时崩溃了。想回家，然而家在万里之外，难过起来的时候，仿佛永远回不去了，也不免觉得自己稚弱可笑，讨厌的多愁善感。

哭累了，睡去，前一夜在日内瓦，临街的房子，睡得不安稳。

醒时近傍晚，感到些微平静，携书出门，邻近的小道能看见铁塔，我便朝铁塔方向慢慢前行。一路踩着落叶，那么厚，晚风微拂，又有新的黄叶飘落，好像它们就这样悄无声息地落了整个世纪。巴黎的鸽子果然很多，不知名处传来觅食的咕咕咕，路边长椅上新新旧旧的粪便，我因为无聊，查了查法国人吃不吃鸽子，只查得一篇说鸽子多了循例要捕杀一些，倒没提吃不吃。法餐是极负盛名的，我先前吃了一顿，亦觉不过如此，形式大于内容，视觉大于味觉。

过去向往遥远的地方，以为在陌生的国度，能获得更为彻底的清静生活。现在想来，真是高估自己了。三毛初次留学德国，听不懂语言，在房间看了半个月电视，哭了半月。而我不过是匆匆旅人，亦无时不刻受制于文化上的孤独感，虽说现在全世界到处都有中国人，但在途中，每次看到中文都异常欣喜。这也罢了，关键看到日韩友人也会心中陡然一亮。肤色真那么重要吗？还是说，重要的是距离。

就在刚才，一个东方人拿着手机一边打电话一边从我身边走过去了。他嘴里不断冒出字来，我愣神片刻，陡然发现那是听得懂的语言，是普通话，和谁说着留学申请事宜。竖直耳朵，目光牢牢地追随了他很久,并且暗暗希望他能转过头来看我,哪怕眼神短暂交流,也能宽慰我此刻的形单影只。

但那人自顾着说话,远去了。我仍旧坐在这里,在信笺写下我们熟悉的文字,我看到它们脱离纸张,逐渐飘浮成环状,将我包围。正是所谓乡愁吧?这异国的黄昏,有点温暖,以及更多惆怅,精神是倦怠的,心绪缓缓。

——如果你在

我们曾经讨论过什么是寂寞。今天我去奥赛美术馆看画,忽然醒觉,寂寞是无人分享。

置身于艺术品的海洋,很容易对法国人产生爱恨交加的情绪,恨他们以各种方式,掠夺也好,收集也好,拥有这么多好东西,爱的是这些东西尽管历经战争动荡流离,在时间洪流中仍然得以完好地保存。做一个巴黎公民,每天都可以去看梵高真迹,真是莫大的幸福。

这是我第一次看见这样多的原画,真迹和印刷品给人的感受太不相同,好比听说一个人和亲自认识他,当那些内容熟悉的画面真正摆放在我面前,凹凸不平的油彩,清晰的笔刷和刀刮的纹路,不是文字,胜似文字,将作画者当日的情形一一陈列出来。梵高的笔触果真是触目惊心,令人难以移步,可是参观的人那么多,呵,你猜怎么着?我前后三次踱入梵高和高更的展厅,在其中流连忘返。不免担心自己过于大惊小怪，仿佛很没有见过世面，可是在这样伟大的艺术面前，什么样的狂喜实在都不为过啊。

我从一个厅走到另一个厅，一层楼走到另一层楼，走累了，下到底层去喝杯咖啡吃个蛋糕，再继续看。内心奔涌着许多感受，梵高的激情和残缺，高更的出离与平静，塞尚的力量与执着……对于绘画甚至谈不上一知半解的我，在这个下午，愿意交出灵魂给他们扣留。不得不交出。

亲爱的夏，如果你在就好了。真的。多想与你谈谈此刻的心情，倾吐倾吐我的震撼和喜悦，想将你拉到高更的塔希提妇女画像前，问问你是否和我一样，看见高更从六便士的生活中叛逃，经过漫长的艺术之路的流浪，于荒岛上，他终于获得怎样一种月光般的平静。亲爱的夏，就是那个瞬间，我骤然发现寂寞的真相，因而异常空虚，世上这样多美好的东西，倘若无人分享，永远只在个人内心发生海啸，该有多遗憾。

如果你在，我们还可以私下讨伐那些拿着相机肆无忌惮拍照的人们（有很多同胞），分明竖着不能拍照的标示，为什么不能尊重呢。这些时候我真是讨厌相机、镜头的存在，无疑缩小了我们的视野，不是吗？哎，看看，世上还有这样多值得一发的牢骚，没有你这位志趣相投的"吐槽之友"，也是非常寂寞。

美术馆的出口照例是纪念品售卖处，在一堆画册旁边我听见两位同胞低头交谈，猜测这些东西是不是中国制造。因为不谋而合的念头，我忍不住轻轻笑了,可是当他们敏感地抬头看我,我却急忙将眼神挪开,不知为何,心情一下子复杂起来,方才苦无同伴的我,突然有种莫名的虚弱,尽管艰难,但我必须对你承认,那时刻我竟害怕被发现自己是个中国人。这又是怎样的自卑与虚伪呢?这些复杂的转瞬即逝的体会,我简直迫不及待要回来同你喝茶一叙,听你帮我分析分析。

下午的巴黎,阳光和煦,我已能自如地在地铁里中转,照着地图,就能去想去的地方。然而,在我渐渐习惯了巴黎的节奏的同时,归期亦将近了。

——大城小事

今日发生了点意外。在自卢浮宫回来的地铁站里,我因反应不及被通道门夹住,幸亏一位黑人大叔仗义出手,才将我从尴尬的局面中解救出来。受了点伤,并不重,我慌里慌张致谢,脱口而出的却是中文,自己亦觉得好笑,母语真是一种再顽固不过的本能。

来巴黎之前,看许多网友写的攻略说,一定要管好财物,特别小心黑人。事实上,刚到那天,我们的确被黑人骗了。也是在地铁上,初次用自助机器买票,不识法文,只得连蒙带猜。眼看后面排队的人越来越长,一个黑小伙冒出来说,我帮你们买,你们给我钱。结果对方用买一日通票(6.7欧元/人)的钱,给我们买的次票(1.7欧元/人),大约赚去了20欧元。巴黎的地铁票种类之间印刷设计差异甚小,等到第二次使用我们才发现被骗，钱不多，遂都只嘻哈一笑，印证了网上的说法，不乏为有趣的经历。

那日乍从瑞士到巴黎，一时间不能习惯。瑞士是昂贵而安静的，一切井然有序。而巴黎，自下了火车，扑面而来一股磅礴大城鱼龙混杂的气息，城市建设因年代久远，不乏陈旧与肮脏，人们装扮入时，大多行色匆匆，同时不乏面色茫然游荡之辈，让我想起了北京，或是香港。地铁是城市的脉管，最能体现生命力的场所，而在巴黎，黑人仿佛是这个场所灵魂式的存在，他们掌管着这个地下王国的节奏和规则。

也是被骗的同一天，我们又遇见另一个作嘻哈打扮的黑小伙，明明买了票却不走寻常路，撑着栏杆来了个帅气的腾空翻越，当他回头将自己的票递给我时，我有些惊愕，或者说惊喜。喜的不是那张票的价钱，而是这种游戏一般的插曲，让我对巴黎的日常有了真正的参与感。

亲身体验过，才知道原先的心理预设实在是狭隘了。其实哪里分黑人白人黄人呢，虽然语言不同文化不同，但我总想，人性是相通的。要是让我来划分，世上恐怕没有绝对的好人坏人，只有以人为主导的好事坏事，随机性非常大，所以我们的际遇才这样难测。

我坐在地铁上，失神于身边来来往往的人影，会突然忘记自己身在何处。巴黎给我以庞大的错觉，事实上它的面积不过106平方公里，不足北京（1.6万平方公里）的零头，想来还是人的复杂多样和城市的历史厚重所导致的幻象吧。以及,真到这里才知道,它完全不是摩登的,或者说,不只是摩登的。塞纳河边动辄几百年寿龄的建筑,埃菲尔铁塔下错综混乱的秩序,绅士与骗子,淑女与吉卜赛,社会的规则似乎还建立在"直觉"与"良心"上,并不完全受法制的约束。

既沧桑又天真,这神奇的特质,使得巴黎充满了危险的美感,像你我这样喜静且神经线条较为单一的人,大概很难在第一时间喜欢上它,然而一再回味却是少不了的。还有啊,这里的女人真是很美,她们衣着随意而有品位,喜爱穿马丁短靴,即便上了年纪依然擦很艳丽的口红,倚门站立,步履轻捷。我总是忍不住地要看她们,看不够的。

巴黎的女人,大概才是这座古老浮华的城市里最能代表巴黎的部分,她们的自信与自然,有一日你见了,一定也会喜欢。

——中国心

才说到旅行有些长而厌倦,转眼踏上归途。此时我在法兰克福飞往北京的航班上,空客380,目前世界上最大的客机,像只怪兽在天际中疾速飞行,细想之下有些不可思议。在这怪兽巨大的肚腹里,同伴已经睡着,我因为疼痛无法入眠,过道那边的德国人要了一次又一次啤酒,我索性开灯给你写信,只是大约不会寄了,见面再说吧。

过去我常以为出国很好,毕竟中国那样多人,紧张的生存环境,频频闹出的食品安全事故,等等,使人产生远远逃开的冲动。此次出门一游，方知并不是自己想象的那么简单，诚然欧洲好景好物，讲到融入，真的不易。途中遇见开旅店的天津人，开餐馆的温州人，交谈之下，他们总会说，这里真的很好呀。怎么个好法？追究说来，他们总是一家子，甚至是一大家子，在血缘的圈子里交流，说到底只能算是一个个中国的缩影。倘若脱离了这个圈子走出去，是怎样的光景呢？未可知。反正于我，品尝到仿佛被隔绝的孤独感。

我们的源头是件非常微妙的事。在法兰克福机场的登机口，闻到浓郁的泡面味道，不用看也知道是同胞，果不其然，一队来自南京的老年团队正拿着电烧杯用椅子背上的电插座烧水煮康师傅泡面。有一点尴尬，又有些亲切，我与他们间隔了些距离坐下，心情始终是轻微地隔膜着。直到广播刚刚宣布可以登机，人群中不知是谁喊了一声：登机了，快点！一阵骚动，我突然就笑了，同时伴着心酸，这简单的"快点"一词便是我们的核心所在，生机勃勃的混乱，大抵欧洲人不会理解，它浓缩了整个庞大的中华民族长久以来形成的生存焦虑，即便在能够支付欧洲旅游的经济优越的人群里，依然像一枚胎记那样鲜明。

身为一个中国人，踏出国土，往往心绪复杂，旧时文人爱写家国，我们的文化里，真真是国即是家。如同最亲的人之间，仇恨与热爱来得分外激烈，长大以后我才多少理解，艾青的诗里写的那句"为什么我的眼中常含泪水，因为我对这土地爱得深沉"，这身份本就是一本厚重的履历，性情凉薄如我，竟也不能不被激发出强烈的感情。

这些日子，走了这些地方，再美丽的风景、再奇绝的地貌，想到我们原也是有的,便禁不住有些自豪,还夹杂遗憾。譬如他们动辄数百年历史的建筑如今仍旧端然耸立,而北京的老胡同正以每天数条为单位迅速消失。又譬如卢浮宫的解说器没有中文版,但卢浮宫负一层的"巴黎春天"却全都是中国导购,这些说明了什么呢?经历过可怕的战争和饥荒,我们终于满足了温饱,然而生命却烙下贫穷的印记,以至于如今只顾往前狂奔,仓皇地抓住一切可抓住的物质,将灵魂远远甩在身后。我们有辉煌的历史和光明的未来,可是在文化上,已经丧失了原本应有的自信,而这,又要多少年的时间才能重新建立?

民族本源,如同生命的来处,总给人以水深火热而又无法挣脱的感情束缚。想到上述林林总总,难免步履沉重,很惭愧,我一直做不到轻轻松松只求快乐观光。或许旅行的意义正是让我们确定自己的来处吧,一切朝外的探索,都是为了更好地认识自己。亲爱的夏,不知别人如何,我的这份中国心,是更改不了了。

在林芝逛超市

在林芝，我一天要去两三次商店，散步路上看见便利店的招牌，就钻进去晃一圈，并不一定为了买什么。虽说如此，空手出来的情况不多，多多少少总得买点儿，纸巾蚊香泡面这样的东西。

连续几年到林芝小住，这座小城的变化显而易见，人多了，车多了，房子多了，路边打着西餐咖啡字样的餐厅也多了，恰逢暑假，游客们玩耍一天疲惫至极，在打着各种饮食招牌的馆子外面筹划一顿丰富的晚餐，黄昏时经过牦牛广场，看见灯火闪烁，会有一种身在其他内地城市的恍惚。

我住的工布民俗街背靠318国道，连着一片山，从窗口看去，山就在伸手可及处。山上无路，全是浅浅的草坪和低矮的灌木丛，每天清晨天蒙蒙亮，就有黑乎乎的影子沿着那无路的山坡往上挪动，那是晨起采野生菌的人，早间露重草滑，山势陡峭处需要手脚并用才能保持平衡。在如此原始的生存方式下面，几台挖掘机从八点开始工作，修路和房子，机器的轰鸣掩盖了鸟鸣和狗吠，附近那排叫作尚城花园的小区楼房，每平方米单价已经超过 4000 元。

城市化进程永远令人爱恨交加。我感慨这里不如往年清幽，四处围拦着敲敲打打的情况竟和外面无二致，可是当我发现镇上开出小有规模的超市，居然还有进口食品专柜，第一反应很兴奋，逛上几次仍意犹未尽。在物质比较贫乏的地区，自然而然对物质需求更甚，那些花花绿绿的货架对一日寡淡的生活是种安慰，尽管提供的商品并不精良，总归胜于无。

八一大街上，德克士快餐店的生意很好，光顾的客人不全是尝鲜的藏人，更多要属穿着冲锋衣的内地游客。一开始会奇怪，为什么我们从一个地方风尘仆仆到另一个地方，还是去吃炸鸡薯条。后来明白这是一种城市病，人们对于熟悉事物产生的依赖。在遥远的小城，这些东西模仿着世俗文明的存在，鲜明的标签像熟人一样对我们招手，置身于这样的场所里喝着可乐望着外面陌生的街道，感觉会比在藏式茶馆更为放松。难以解开也不愿解开文明的套——这是现代人略显遗憾的旅行方式。

我在林芝不是游客，也不是归人，只是暂居一段，换换生活的环境。由于没有必须要赶赴观光的景点，我优哉游哉的脚步和比较白皙的皮肤常常使人奇怪，不止一家商店的老板问我，你在这里工作吗？怎么这么白？我说没有哇，我住一阵就走。

很难对"离开繁华前往山村发现精神故乡并就此留下来"的故事产生信任，那是命运对极小部分幸运儿和勇敢者的奖赏。更多的时候，人们去到某处,在不知不觉中把那里改造成城市。就像我暂时租住的房间,放好书,挂上自己选的窗帘,换了新床单,其实已和昆明家中气息相近。不管愿不愿意承认,物质才是我们这一代人的故乡,甜茶虽然好喝,仍旧要在可乐和咖啡里,才能找到安全感。

中毒记

每到野生菌季节,新闻里少不得有人食用蘑菇不慎中毒的报道,轻则上吐下泻,重则不治身亡,然而每每听说只是听说,理智上知道可怕,因为没有亲身体验,终究十分模糊。没想到这次在林芝经历了毒蘑菇惊魂,折腾几日总算缓过神来,闲记一笔聊作纪念。

之前的文章里已经说过,在林芝我们所租住的房子后面就是一片山,每天都有人徒手爬上去采蘑菇。山上无路,须得攀到山顶才有栈道与另一座神山绵延相连,体格强健的人能从这山爬到那山,一路下来收获颇多。

老佘今年初次进藏,偶然上神山发现好多菌子,从此每天自告奋勇去采蘑菇为我们加菜,而在藏区居住了二三十年的老梅负责辨认菌子有没有毒。山上最常见的是青岗菌,处理简单,采的人也多,不过营养价值不及松蘑。松蘑长在松树下,有一层褐色的膜覆盖,肉质呈黄色,撕开来仿佛海绵般有些气孔。

第一次吃松蘑时没有将那层膜撕干净,大家狠狠拉了几次肚子,笑称排毒减肥。不想没过两日又第二次中奖,这次是毒性较强的假芝麻菌,发作起来比武侠小说里的悲酥清风有过之无不及。

母亲开始头晕大约是1点30分,也是反常,我们没有像往日那样饭后休息,而是开车到山上自然博物馆转转,本以为是高原反应,加之前一阵她重感冒体虚未愈,谁知又过片刻,她天旋地转得连坐也不能了。赶忙叫人上山来接,回想起来真是心有余悸,竟忘了来接的人也中了毒,事后才说开下山时眼前几乎全黑。

总共八个人吃饭,六人食用了蘑菇中了毒。我和老佘没有吃,稀里糊涂逃过一劫。林芝人民医院的急诊室瞬间被包圆,我们到的时候老梅休克昏迷在床上,我凭着自己久病成医的经验冲到医生办公室请求给他们洗胃,那医生着实年轻,告知我进食40分钟之后洗胃是枉然,大大咧咧开了几小瓶不知什么劳什子便算完事。

医疗条件能体现一个地方的进步落后,当年在胡志明市见识过像难民营一样的急诊室,如今在林芝针水等足一个钟。好容易针水送来,护士扎好针就不知所踪,不得已我只好轮番为五个人换针水,查看瞳孔和脉搏。一瓶液进去,症状全无好转,昏迷的人开始狂躁,醒着的人丢了魂似的两眼发直胡言乱语大哭大闹,手上的针纷纷刺穿。

老梅心率与血压再次下降,年轻医生终于意识到情况紧急,叫人去将不当班的急诊科主任请来,这才灌水催吐洗胃补液。昏天暗地忙了一番,老梅与王姐情况依然不好,当即下了病危通知,送进重症ICU监护,我安慰他们家人医院惯常这样,内心其实很担忧。夜里八九点，母亲仍说着胡话，一会儿哭，一会儿闹，直愣愣瞪着我，问：我是不是已经死了？又输掉一大瓶盐水，才总算清醒了些。

那夜她们留院观察，我见无大碍，才吃了大半天以来的第一口热饭。走出急诊室已是夜里十一点，高原夜空明澈深远，白云成群游荡，一牙细细的朦胧的月嵌在云边，忽而想到次日就是七夕。又想到沈从文写批斗地主的情形，地主家十多口人跪在屋前菜园地里，人民群情激奋，锣鼓声震，"但是到黄昏前走出院子去望望，丘陵地庄稼都沉静异常，卢音寺城堡在微阳光影中更加沉静得离奇，我知道，日里事又成为过去了。"日里事，过去了。

人在旅途

　　早年若有人问我,旅行中最快乐是什么时候,我会说是已出发而未抵达的过程。所有的期许和疲倦在或长或短的路途中集中爆发,你踏上既定的旅程,不会有因为各种意外而搭不到飞机火车的焦灼。你找到座位,放下行李,一屁股塌向缝隙里塞有瓜子壳的卧铺,在乘客们嘈杂的声音中,骤然垮了肩膀,两眼松弛无神,心底滋出一声悠然喟叹:呲——

　　在此过程中,只消保持期待就好,随着目的地靠近,期待的愉悦越接近峰值,就像双色球蓝球将要落出,礼物盒子即将开启。从一个点到另一个点的中间,如果不是太长太糟到无法忍耐,大部分情况都使人愉快。你离开了四平八稳的日常生活,暂时投身变动,这种变动给大脑皮层带来刺激,类似于"每一刻都是新鲜的"的振奋。一旦抵达目的地,振奋就面临被消解,消解之物很多,失望居其首,而最好的情况,也难以避免地落入另一生活秩序。

　　以上是我对旅行丧失乐趣的主要原因,每次出行变成单纯的换张床睡觉。心甘情愿拘囿在个人世界，带着透明气泡般四处飘荡，看似流动实则凝滞。近年来，旅行对我而言，只是考验体力和实践自由的一道习题，苦哈哈地准备，无奈地踏上行程，整个过程中需靠维持自己一向的习惯来获取平静喜悦，难有兴奋可言。我不懂得如何回答别人提出的"好玩吗？开心吗？"此类问题，只是一直记得三毛所说，流浪不是浪漫的事。

最近有些焦虑，刚从西藏返来，处理了些积存事务，身体未得到妥善休息的同时，又要开始为下一次出门做准备。即便再三声明自己不喜欢旅行，可奇怪的是，每年总有两三个月在拼命奔波，所谓驿马星动。

整理行李的流程永远杂乱无章，添置旅行用品的步骤却必不可少，但凡有点时间立即坐下来淘宝，用于分类的各号袋子，拖鞋，水杯，洗浴用品，清算一下，竟全部需要重买。商品越做越漂亮，选得人眼花缭乱，逛足整个下午腰疼脖子酸。终于下了几单，接下来几天忙于收快递……忽然醒悟过来，旅行的乐趣不知何时转移到纷繁的准备工作上，简而言之，转移到了淘宝。工欲善其事，必先利其器。我们郑重其事地选购，仿佛一向过着无比潦草的生活，就连应付一次短暂出行，都需重新从头发武装到脚趾。

滑稽的是，买来的东西常常不能用上，那些花花绿绿的所谓工具很可能只是将行装进一步复杂化，你严格按照先加法再减法的顺序整理行李箱，发现购入的装备完全失去预想中的效用，冲动购物的快感在实际重量面前陡然幻灭。每个淘宝卖家的图片都无一例外地简约甜美小清新,可惜旅程再短再腐败也注定风尘仆仆,当你层层锁上象牙塔转而选择一次朝外的探险,琳琅精致的品质生活随即宣告结束,你将走向兵荒马乱的幕后,在那里,混乱恰好代表了生机勃勃,每个人都在激情又狼狈地赶路,所有井然有序的美好时刻,多数只是一次成功的舞台表演。

岂曰无衣

品味相近的女友聚会，没有哪次不谈衣服。再不食人间烟火的姑娘，只要到了衣服的地界儿，总免不了接接地气。常见的情况是这样，乍看靓衣已入法眼，姑且按下不表，管自心中揣摩揣摩。待到茶过三巡，世界政局国家大事明星八卦小道消息通通聊完，方才夸赞，咦，这条裙子蛮不错呢。女友也不扭捏，大方站起来转个圈，顺便做做伸展运动。

聊衣服是很有乐趣的，你拉拉我的裙子，我摸摸你的外套，对面料、设计、价格、售后来一番全面点评，最后以交换淘宝地址作为完美结束。真正亲近的女友之间，好似不存在担心撞衫这回事，一则大家碰头的时间不多，二则人有自己独特的气场，哪怕同款衣服，也完全可以各领风骚。难怪会有人说，能分享淘宝收藏夹才叫好朋友。

几次聚会归来，不管再累，第一件事打开电脑，冲进淘宝店下单，有时明知是一时冲动，仍然先买之而后快。躺下方觉切切肉疼，看来交太无私的女友，亦有不堪言说的苦处。

收入一半给生活，另一半给书和衫，区区女子，按说也该无怨言。

尴尬的是，偶有得意的新衣，穿到办公室被阿姨级别的女同事看到，当即按照我的款式件件买来，天天撞衫亦不烦。我没有女友的胸怀，亦没有与阿姨比美的兴致，当即思量到底是谁的认知出了问题。

《红楼梦》里黛玉多着白蓝，配合着性情的敏感清冷，宝钗则爱鹅黄与洋红，突出高贵与甜美，王熙凤的衣服虽同是以红和黄为主，却是最正统的那种，不带一丝粉饰渲染，是权力和力量的象征。毫无疑问，这是最老实的搭配，将人物脸谱化，力求见衣如见人。实际上，衣服和年龄有关，和性情有关，但和寻常思维又不太一样。以我所见，女孩子年少时穿得粉嫩，多是应了母亲的喜好，一旦有自主权，当即不遗余力地将黑白灰堆上年轻的身体，这里有一种心虚，生怕给人看出阅历单薄的怯，也有青春初始的敏感犹豫，欲说还休。

我少女时穿得素，那时微胖，拼命只想把身体遮起来。到二十三四岁有一阵很喜欢穿彩色的衣服，靛蓝、苍绿、玫红、暗紫，拉开衣柜一片长长短短，风格不会太一样，根据不同的场合，挑衣服实在是一种甜蜜的烦恼。那是特别美好的一段时间，生活顺利，心绪飞扬，每天都好像阳光灿烂，也是特别浮躁的一段时间，快乐与难受皆短促得惊人。

对彩色的迷恋就像对夜晚灯火的迷恋，十分突然就结束了。偶尔想起来，如同遥望星辰，隐隐怅然。散淡了好久，这两年，终于又置了些衣服，和性情的变动有关系，逐渐变得宽大、柔软，不讲款式，只讲舒服。早年喜爱的黑白灰又回到了衣柜，兜了一圈，真正物是人非。

似乎有位红极一时的作家曾在作品里写过，一个女人成熟的标志，是她能够穿着黑色旁若无人地走过大街。或许有失偏颇。但当我被一条长及脚踝的连身黑裙包裹着，手插衣兜走过初秋起风的街头，内心是有种温柔涌动，它丝毫不需要被诉说。

某日有读者听我说起买衣服的事，她大惊："我以为你不买衣服的！"

"难道你以为我一直在裸奔吗？"我笑，虽知她不是这个意思。

罗衫为俗物，我亦是俗人。要出街，要约会，要打酱油，断断是不能不穿的。

没有手机的日子

那天早上匆匆忙忙进电梯，不小心将手机从兜里带出来摔在地上，拾起就是白屏了。这只念大学时用自己的稿费买的手机，看来终于是要寿终正寝。虽然确已看中另一部手机，但一来碍于近来经济不宽裕，二来对旧物依依不舍，便拖延着一直没换。手机摔坏的时候我还天真地想，其实没有手机也不是什么重要的事，谁知不过两天就各种不便。

租屋里没有座机电话，习惯了每天都和家人报平安的我，脸皮太薄，只好挨到下班过后在办公室里蹭电话打给爸妈。恰好当时有远处的朋友来，在我的租屋里借住两日，没有电话无法联系，别人连我何时回家、当时在不在家都不知道。无可奈何，只好趁又一日午休时间搭车去用信用卡刷了一只手机。刷卡的数额直抵最高透支数额，我拎着新手机从商场出来，心里轻飘飘的。

迅速地完成了对手机的熟悉过程，这是真正的新宠，吃饭如厕都不离手心。其实功能十分有限，我却玩得不亦乐乎，同时心下暗想，原来当你拥有一样东西的时候，真的会不知不觉地被其占据、被其拥有。不知旁人会不会像我想得这么多，他们经过时倒是都会赞一句，好漂亮的新手机。

记起念大学的一段日子，宿舍每晚固定有一段"色情电话"时间，每个女孩都拿手机和自己的恋人联系，或情话绵绵，或短信频传。住我下铺的翠翠曾创下与男友月发短信2000条的纪码。那时候的我是绝对的看客，躺在黑暗中听她们打情骂俏，一半落寞，也一半清静。

印象很清楚的是其中有个姓田的女孩子，每天晚上会打很长的电话。起先我们都以为她恋爱了，那种娇滴滴的嬉笑怒骂，只是恋爱中的人才能有的。渐渐发现不太对劲，睡她同侧的女孩子偷偷告诉我们，田打电话的时候，手机那边一点声音都没有。有天夜里田刚躺下，照例捧着手机，她的"低语"一向是很高调的，我们恶作剧地拨号过去，谁知径直就通了。刺耳的单音电话铃声突兀地在熄了灯的房间响起，她咒骂了一句什么再没有说话，我们窃笑着，用咳嗽交换了会意的心情。

不久前对单位的姑娘们说起这件事，有人问，她是妄想症吗？或许吧，我想，更有可能，是她的内心很寂寞，否则怎么才能日复一日地自说自话。只记得那次之后她电话少了，人越发沉默。

有些叹惜，也是自责，太过年轻的我们从来不留余地。

周末给闺蜜打电话，告诉她我换了新手机和号码，谈笑中，她说起一桩关于手机的旧事。好多年前，她假期去深圳找男友，两人约了在火车站接，由于都没有手机，只能约定一个碰头的位置。中间不知怎么错过了,他们没有顺利碰面,怎么办呢,又无法联系对方,只好各自找一部公用电话,打给共同的朋友,让朋友帮忙转达自己所在的方位,忙中出错,转了十几次才找到对方。等到见面的时候两个人都又累又渴又委屈,因此吵了一架,大哭一场,最后才手牵着手走回去……

不知怎么,我听了这件事,有点想流泪。

北方的海

北方的海是怎样的？火车呼啸中，北戴河出现在我面前。

不过是车站外发呆的一瞬间，整列车厢的人走得所剩无几，出站时还很拥挤的广场顷刻间只有两三台小面包车，先前排列的小巴、轿车大多已载客离去，面包车司机远远招呼着我们，不十分积极。这是六月里的一个晴天，我和表妹从北京西站到北戴河，效仿京人，来此度悠闲而不奢侈的周末。

懵懂地随一辆车去海边旅店，表妹去柜台询价，我在大堂的沙发上等着，不一会儿有人带我们去看房间。这是一幢看上去很有年头的三层小楼，房间的木质墙角与墙纸接缝处有点点霉斑，电视机是老式长虹，卫生间的灯偏暗，环境勉强算干净，考虑到价格低廉，我们亦懒于顶着烈日继续寻找别的住处，左右不过两日，便就此住下。

办完手续回房躺倒，四下里清静得很，怀疑整间旅店只有我们两人。方才火车上的那些乘客想来预先订好了住地，一路过来竟没碰上一个游人。不知我们是不是走错了地方，但确切无疑的是离海很近，一呼一吸中尽是海水的腥咸，想起总台的服务生说，出大门左转往前两百米就是海边，顾不得周身的疲惫，从床上一跃而起就要去看海。

下午五点。阳光以难以想象的速度收敛，刚出大门就被一阵大风袭击，我们裹紧了身上薄薄的运动外套，饶有兴致地去看海。

果真是不远处便有一片海，灰蒙蒙的并不蓝，褐色的沙粒吞吐着海水，沙滩上只有一个男人带着孩子玩球，远处一排废置倾颓的建筑物，三两只搁浅的木船，观景台孤单地探出一个角，再远点，才能看见几个大孩子赤身裸体踩着破船在玩跳水。

海边没有任何遮拦，风肆无忌惮地吹着，我和表妹沿着沙滩走了一截，耐不住凉意，回到堤岸上花园中的石板路散步。谈笑中不知不觉走远，天色一档一档地暗下，倏忽海上就变成了苍茫的烟灰色，海天之间再没有界限。小路的前方，几栋挂有"某某单位干部疗养院"招牌的复式洋楼，草木蓁蓁间，依稀得见此处昔日的丰盛。右面不远处有一块刻着"北戴河"字样的大石头，石头旁应景地坐了个短发女子，穿着红色的线衣，孤单地背对我们。

北方的夜是骤然间就降临了，像一只锅盖不由分说扣下，我们离开海边走进夜市，前后不过二十分钟，烧烤摊上冒出的青烟已变成黑暗中最鲜明的亮色。逡巡一圈，方知各地吃食差异不大，除了气味浓烈的有当地特色的鱼片干外，夜市上一样有枣糕、烤串、水果摊、蔬菜摊等。这应该是当地人自用的市集，唐突张望的游人很少，人们各买各卖很是安详，唯有听见我们突兀的普通话时才意外地抬头。

挑了一家店吃烧烤，食罢未尽兴，又在路边买烤鱿鱼，而后钻进超市继续搜罗薯片汽水。不知是不是因为我和表妹都有过不解馋的童年，长大后对待食物的态度简直穷凶恶极，当我们心满意足地拎着大包吃食回到旅店房间打开电视机，仿佛实现了对一趟旅程的全部期待。

去航海

在摇晃的夜行火车上写信,说,过了这么多年,竟忽然有天真梦想,想要去做一个海员,一年也好,三年也罢,总之想有段时间只与海天亲近,白天在烈日下做体力劳动,夜晚便躺在甲板上吹风看星。与外界的联系,像现在用手写信,靠岸便寄,邮戳永远在变动中,你抵达不了我,但你的想念与我一同流动在世界的某一侧。

搁笔就笑了,真的,没有比做一个海员更适合成为梦的梦。

第一次看海是十年前,我尚是怯于同人说话的小女孩,和母亲坐火车穿越了半个中国,从内地至北方某个城市,沿途经过苍茫高山和辽阔平原,终点是海。那次旅行的记忆到如今已非常模糊,只记得黄昏的沙滩上三三两两散步的人,游走之中我的脚被刺痛,低头发现一颗硕大海星躺在沙里,而后,那星的形状在脑海中无限放大,渐渐替代一切。

海的形状不可捉摸。遥远,壮大,深不可测。

风同样。山亦然。世间万物皆沉默而深邃,浮杂的永远是观望姿态。

回望久远时走过的路，会发现这样一件事，旅行如同爱人，常常会在错的时间遇到对的风景。心智懵懂的时候去奔赴一场遥远的旅行，就好像少年时候遇上喜欢的人，不会懂得珍存与细赏，过分关注自身的舒适度，爱人和风景都是隔绝在外的物件，始终视线模糊，终于留下遗憾。

　　前一次看海是 2009 年 6 月，也是北方。到的时候是中午，我和妹妹在荒凉的沙滩上沿海走了一遭，很快被风吹得头昏脑涨，只好回到旅社躲起来。吃零食，看电视，在潮湿空气的簇拥下度过了平淡无奇的夜晚，电视里选秀节目的嘈杂偶尔泄露着海潮起伏，我们说好如果失眠到清晨就去海边看日出。却还是没去。

　　同样比喻。成年之后的我们有了足以善待彼此的宽容和冷静，有了解决纠纷和困扰的手段智慧，却不知不觉失去了温柔以待的兴致和耐心。生活渐渐繁杂，内心的跃动则更为少见，到后来，哪怕百米之外就是多年神往之景，仿佛你看到最爱的人就在咫尺，可是已经不急前往，亦不求尽欢。

　　是倦怠。是平静。或者苍茫浮世浸染出来的怯懦和所谓淡定。我们都有一张同样模糊而安之若素的脸，在一次次懵懂的旅行和错身而过的爱情之后，学会去和新的人事漠漠然地不期而遇。而美景之地往往游客甚多，急转流年中，好似再没有柳暗花明值得盼望，再无赤纯少年值得等待。有关景和人，最终只成为我在夜色中匆匆奔袭他方之时，心血来潮的一次想象，比如回到 16 世纪的欧洲，做一个漂泊的航海人。

当然海已不是我先前所期待,海有污渍,海有灾难。但通通与海无关。种种变迁都是浅薄的隐喻。我想我仍愿意坚持爱是沉默深邃之物,它坚韧卓绝,是经过的人脚步太轻忽,只当它是易醒的梦。